熊淼江◎著

鹅与野猪、山鬼

版权所有　侵权必究

图书在版编目（CIP）数据

鹅与野猪、山鬼 / 熊淼江著 . — 长春：北方妇女儿童出版社，2014.12
　　ISBN 978-7-5385-8915-3

　　Ⅰ.①鹅… Ⅱ.①熊… Ⅲ.①小说集—中国—当代 Ⅳ.①I247

中国版本图书馆 CIP 数据核字 (2014) 第 288023 号

出 版 人	刘　刚	
特约策划	张晓星	
责任编辑	张晓峰	
封面设计	徐　超	
开　　本	880mm×1240mm　　1/32	
印　　张	7.5	
字　　数	141 千字	
印　　刷	北京凯达印务有限公司	
版　　次	2014 年 12 月第 1 版	
印　　次	2014 年 12 月第 1 次印刷	
出　　版	北方妇女儿童出版社	
发　　行	北方妇女儿童出版社	
地　　址	长春市人民大街 4646 号	
	邮　编：130021	
电　　话	编辑部：0431-86037512	
	发行科：0431-85640624	
定　　价	32.00 元	

目录

鹅与野猪

003　在旅店里
010　鹅与野猪
027　兄弟情深
032　双声
040　春雪
047　聆听那个人
056　另一盘棋

山鬼

063　七岁入学
069　山鬼
077　在流水歌唱的地方
086　最后的厨房
112　就这么一下子,我开始减肥
122　落空的补偿
165　甩掉一个好姑娘
220　储藏间的情话

鹅与野猪

在旅店里

小纯是惠君旅店仅有的服务员。

小纯当初是独自上温泉镇来找事做的。她家里还有两个姐姐。她跟别人说过她父亲不喜欢女孩子。她出生后一个月她父亲都不愿意瞧她一眼,"又是个蹲着撒尿的!"她父亲可真给气坏了。小纯很早就知道她父亲直截了当地讨厌女孩子,这样,她初中毕业不久就出门了。

小纯倒挺喜欢温泉镇,尤其是周末,许多城里人来附近的大水库钓鱼,他们提着结构复杂的渔具箱,他们的小孩子从不把痰吐到地板上。

惠君旅店是一家只有几个客房的小旅店,楼下供应早点,老板娘兼作旅店的厨师。老板娘是个说话有些快但非常热心的女人,她喜欢小纯干活利索、踏实,小纯过生日她做了个双层的核桃仁蛋糕,她让小纯叫她干妈。干爹呢,则是那种任何人都乐意见到的、笑眯眯胖乎乎的小老板,他从前做过茶叶生意,他跟随便哪个旅客都能谈起一个熟悉的地方。干爹和干妈只生了一个叫莉莉的女儿。莉莉常常在傍晚把她的家庭作业带到店里来做,她念初一了,可她就是对音乐课本上的五线谱感到特别困难。她把音乐课本靠墙立在一张餐桌上,然后,她跟着小纯一个音一个音唱出来。这当儿已经过了晚饭时间,小纯在搂着莉莉的肩膀唱歌。小纯为自己还像个学生一样站着唱歌觉得非常新鲜。

小纯有个女同学也在温泉镇,她可比不上小纯运气好,她给一家折扇厂做扇骨。每次小纯去邀她玩,都能看到她双手全是斑斑点点发红的伤口,"竹篾划的,慢一点就要扣工资呢!"小纯真不敢相信。

就这样,小纯喜欢她在惠君旅店当服务员的工作。厨房里悬挂的锅铲和勺子各式各样,它们和灶台和洗涤池总是亮晃晃的。餐厅有一面玻璃幕墙,能望到街道拐弯处的电影院和集贸市场。现在是秋天了,雨季刚刚过去,楼梯上换了新地毯,橙黄色的灯光投下来又是那么温暖。一个来写生的美术学院的姑娘,曾让小纯靠着楼梯扶手给她画素描,小纯甚至还捏着块干抹布。小纯碰到过好些有意思的人。大海,那个每天要喝掉一打啤酒并发誓从未醉过的小伙子,唱着他自己编的歌:朋友来了有好酒,敌人来了有酒瓶。还有那对双胞胎兄弟，他们来看镇政府主办的龙舟赛，第二天就是端午节了，他们不知为点什么事闹得不可开交。是弟弟先惹的祸，他父亲威胁说明天不让他过节，于是，这男孩嚎啕大哭起来，任别人怎样劝都无济于事。他的确以为全世界都过节而要把他抛到一边。第二天吃早饭时，小纯注意到这男孩穿着崭新的衣服和皮鞋，出奇地安分、彬彬有礼。事实上，这是个正在成为旅游区的小镇，人人都在为彬彬有礼而尽力。眼下在惠君旅店落脚的就是这样一对彬彬有礼的中年夫妇。

中年夫妇刚从山上的森林公园回来，他们打算在镇上过了河神庙的庆典后再回城里去。这位中年太太似乎碰上了一点麻烦，她告诉小纯她在城里的政府单位上班，每星期只工作三天，可她总是失眠，要不就是深夜突然醒来而不知自己身在何处。她让小纯在床前的花瓶里插一束干艾叶，她摘下淡绿色的墨镜，凑近去闻一闻艾叶的清香，"啊，太好了，谢谢你小纯！"中年太太总是把谢谢挂在嘴边。小纯给他们送去热水，她说谢谢；小纯把他们的衣服晾到楼顶上去，她说谢谢；而黄昏把晒干的衣服送回他们在走廊尽头的房间，她又忙不迭地谢谢；中年太太每晚睡觉前要喝一碗枸杞银耳汤静心，汤盛在一只瓷杯里端上楼去，中年太太对小纯说太麻烦了可真不好意思。中年太太说谢谢的时候，她丈夫只要在旁边也会和气地呵呵笑。他是个喜欢摄影的公务员，戴着黑框眼镜。他随便上街溜一溜也不忘挎上他的相机。照相机有个看起来笨头笨脑的镜筒，不过这中年丈夫可是个见多识广很有文化的人，他喜欢在楼下餐厅里读一本书，而且他的脾气那么好。他跟小纯说这儿山美水美姑娘们也那么漂亮，又漂亮又朴素。他让太太跟小纯合影，他半弯着腰调镜头，他说小纯请保持脸上的小酒窝，于是小纯和中年太太一起笑了，真是令人愉快。

这阵子河神庙的庆典还得等一个星期，人人都上县里去采购货物、邀亲戚来听皮影戏花鼓戏。干妈干爹把钥匙悉数交给小纯，也同熟人的车走了。干妈用皮尺量了小纯的腰围和肩宽，她回来要送小纯一件秋衫。

这会儿中年夫妇是店里仅有的客人。中年丈夫非常体贴他的太太，白天，他挽着太太的手臂在各条巷子里散心。他对太太解释散心对她有多么重要，像下雨对树木一样重要。于是，太太跟着他去乡里人的婚礼上唱歌、喝糯米酒，他们找卜卦的巫师算命、谈天，他们买小商店的工艺品：头巾折扇、陶碗漆罐、竹凉鞋、贝壳狗、木偶人水烟管，傍晚他们抱着这些东西回到住处，不由得开心地嘲笑自己。中年太太还从一个篾匠那儿学习用棕叶扎麻雀蝗虫一类的动物，在楼下的餐厅里，中年太太特别想把这手艺也教给小纯。

已经是晚上了，夜色沿着北面杉山的斜坡溜下来覆盖全镇，街上是卖夜宵的小摊，亮起一盏盏灯。

中年丈夫坐在靠玻璃幕墙的藤椅上喝茶、把相机的镜头拆下来弄得咔嚓响。他刚洗完澡，头发梳得一抹平。他喝茶时下唇也稍稍抿进嘴里去。这当儿小纯去了一趟浴室，小纯回到餐厅时身上的蓝格围裙没有了,她告诉太太热水又烧好了。太太提着一篮子沐浴用品进到浴室。中年丈夫安静地瞧着外面逛夜市的人们。

中年丈夫把目光收回来,端起手中的茶杯:"真是个又热闹又悠闲的地方。"

小纯听从了中年太太的提议,这当儿正学着用棕叶编一只青蛙。

"你们城里才更热闹呐!"

"嗯,城里人没有时间,没时间也就没心情了。"

"哦!是吗?那您就在这儿多玩些日子再回去。您要添杯茶吗?"

"现在还不要。"中年丈夫隔两张桌子瞧着小纯的脸,"真不明白你们这儿的年轻人老想跑到外头去。"

"大家都说外面总比家里好,自由自在的。"

"哦!是吧。"

中年丈夫顿了好一会,眼睛望向窗外。逛夜市的人们在一个接一个的烧烤小摊前逗留,临时撑起的布篷里是人们在喝啤酒。从电影院那边的广场上,传来孩子们的呼喊和音乐喷泉的声响。中年丈夫取下眼镜,从衬衣口袋抽出布片来擦一擦。

"小纯,找男朋友了吗?"

"没有。"小纯笑了笑。

"哦,我还以为你有呢。"

"是吗?"

"我不知听谁说了还是怎么的,也许是我觉得你应该有吧。"

"您别开玩笑呀。"

小纯让自己低下头去。

浴室里传来肥皂什么的掉到地上的啪嗒声,接着是流水哗啦。中年丈夫双手围拢杯子,杯子在他的两手之间打着旋。

"小纯你真的没有男朋友吗?"

"嗯哪。"

"女孩子总该希望有一个男朋友吧,"

"……"

"我是说没有不等于不希望有,你说呢?"

"……"

小纯抿紧嘴唇把头放得更低了,她看起来正特别用心地编青蛙的最后一条腿。一会儿,小纯放下青蛙走向饮水机。小纯端着另一杯茶走向中年丈夫时,她注意到茶水热气蒸腾,屋子里的空气也开始变得不对劲了。她略略倾下身子,接着她听到玻璃杯放到木纹桌面上干脆利落的磕托声,接着却是一股恶心的味道,小纯感到这股恶心难受的味道在她体内从胸口直往上蹿,她胳膊猛一哆嗦,茶水溅洒到桌面上。她侧过头去,中年丈夫微微笑着,一只手正从小纯的臀部移开。中年丈夫又习惯地推一推眼镜,一脸和气的笑容。

太太洗完了澡,用一片大毛巾裹住头发站在浴室门口。小纯戴上袖子走向浴室,她这会儿最愿意做的是她熟悉的事情。一个人只要做他熟悉的事就会让心里的事平息下来,不是吗?小纯把香皂和沐浴露归置到梳妆台上,她使劲搓太太用过的毛巾、刷洗浴缸、擦掉镜子上的水滴。她听见太太和她的丈夫说话，她听见太太说她今天可真累了要早点休息。小纯把他们换下的衣服放进洗衣机，小纯听见他们上楼时一轻一重的脚步声。中年太太没有喝她的枸杞银耳汤就睡去了。

中年夫妇的脚步声在楼梯上消失后，小纯才又感到那种不对劲。她给衣服甩干水不对劲，她拿拖把清除餐厅的尘土不对劲，她关上玻璃门不对劲，外面那跟平常夜晚一样吵闹的夜市也不对劲。接着，她和她的不对劲一起走向楼梯旁边那间狭长的卧室，她熄了灯，不对劲和她一块儿躺下。在睡着之前，她尽力对自己说我只是感到有点不对劲罢了，也许还有一点恶心但算不了什么，我可不能把这件不对劲的事告诉任何人，不告诉折扇厂的女同学，也不要跟干妈和任何其他人提起。

第二天，一小束煦光掠过楼房的间隙落到她那间狭长的卧室时，她还是不免想起这件不对劲的事来。但是没过多久就好多了，因为中年丈夫又挽着太太的臂膀出门了，他们今天是去河那边的斜街。小纯给他们推开门，中年太太说谢谢。中年太太又戴上她的淡绿色的墨镜。天气可真是好得没边了，中年太太还不得不带上一把阳伞。

鹅与野猪

　　楼下杂院里有一个早先用来存放自行车的铁皮棚,现在住进了一只鹅,总有嘎呜嘎呜的叫声在棚子里回响弄得少年睡不好觉。少年在舅舅的火锅店帮忙,夏天一到,差不多整晚都得营业,吃夜宵的客人成群结伙还一拨连着一拨。店里有空调,木椅子却给坐得一直在发热,他时不时去储物间拿塑料凳子出来好让客人"换个凉屁股"。他推开储物间的门常看到舅舅在整理腰间的钱夹子,"哦,是你啊!"舅舅说着"啪"地合上钱夹子再拍一拍,"今天还真不错呐。六六。"舅舅笑着,细细的眉毛在额纹下边不见了。六六打心里替舅舅的生意感到高兴,这一来,白天睡不好觉倒也没什么了。

鹅与野猪

六六舅舅不但眉毛细，腿也细，走路显得晃荡，这会儿他穿过厨房后门，扭头朝杂院的几棵樟树瞄一瞄，他走上楼梯，身体挺轻巧地拐了个弯。他听见那只鹅、那只脏不拉几的鹅在樟树后面嘎嘎叫，他知道这叫声有时让六六休息不好，但也不至于让他闷闷不乐啊，这阵子六六干什么事都瞧着地板，不喝他爱喝的冰镇橙汁也不跟厨房伙计们开玩笑，大家一向喜欢捏六六嘟嘟的脸蛋，这几天也不敢多碰了。昨天晚上，六六给他妈打电话说他要回家去种一辈子田、喂一辈子猪。这一来，做舅舅的得问个明白好让自己的姐姐别在电话里哇啦哇啦的。六六舅舅嘱咐自己这会儿是人家的舅舅而不是陶老板，他把格子衬衣下摆从牛仔裤的裤腰里扯出来，他得随和点跟自己的外甥谈谈，他两只手都握着一罐冰镇啤酒，他用右手的啤酒罐磕一磕门，像在跟门碰杯，他还在想着到底是外甥心里有多大的事还是自己的姐姐把儿子养得太娇气了。

六六正在摆弄他的小电扇，这是楼梯拐弯处的一个小屋，又热又闷，因此他很喜欢这台蓝色的、圆头圆脑的小电扇，他想让它转得像舅舅刚把它买来时那么快、那么溜溜地不出声。他用一把小剪刀旋开了扇叶子外边的圆形盖上的四个螺丝，他刚摘下圆形盖，舅舅进来了，他又把四个螺丝顺手插进圆形盖的螺丝孔里，以免等会儿它们不记得各自的位子了。舅舅擦了擦额头上的汗说：

"关着门，还以为你在睡觉呢。你拆电扇干什么呀？"

"把里面扇叶子上的灰尘擦一下。"

六六直起身来,还像个高中生那样嘟嘴往上吹一下自己的蘑菇头。

"来,喝啤酒。"

舅舅"嘣哧"一声掀开了易拉罐的拉环,他把啤酒递给六六,他背靠窗台喝了一口。

"这两天睡得好吗?没被鹅吵到吧?喝吧,冰的。"

"我好像没喝过酒!这多少度的哦?"六六在用身上的圆领衫擦手、擦啤酒罐上的水珠。

"嗐!啤酒能有多少度!你真是——"舅舅笑起来,细眉毛又藏进了皱纹。"你是不是以为——只有大人才能喝啤酒?"

"……"六六晃了晃肥嘟嘟的脸蛋,抿了一小口啤酒。

"你已经是大人咯。"

"好凉快啊。"六六笑了。

那只鹅又在叫了,他们俩都转过身去。他们趴在窗台上喝啤酒,看下午的阳光,看那几棵并排站着的樟树,阴影让树冠东边的叶子看起来比西边的密得多。没有风,但他们还是把半个脑袋探出去。

"六六,舅舅跟你说,你已经是个大人了,很多事,你要学会自己处理,你有什么事也可以告诉我,别烂在心里,那样——不太好。"他喝酒,把胳膊肘支在窗台上,低下脑袋让自己跟六六一样高,"你打电话回去是不是有点想家了啊?"

"嗯，是有点。"六六把鼻子凑近罐口闻啤酒的味儿。

"家里有什么好的呀！窝在那个穷山窝里能有什么见识？"舅舅把啤酒罐子在窗台上一磕。"没见识也不成问题，见识呢，是可以长的，问题是在那儿窝久了，就会——就脑筋不活络了。说起来，你娘当年一股劲要嫁到那儿，真把我们一家人气得不行。嗯，这些——我意思是，在那穷山窝里不会有什么出息的，久了，脑子就不好用了。"他左手的食指按一按自己的太阳穴。

六六又嘟起了嘴，但这回他没有吹头发。他回答："我的确有点头晕。"

舅舅站直了灌一口啤酒，把身体重心在两条细腿上倒腾一下"哦，头晕，头晕去看病啊，是不是睡觉时电扇吹太猛了？"

"我也说不明白是不是头晕，就是一阵一阵的——怎么说呢，好像身体两边、这两个肩膀不平衡，恍恍惚惚的，我也说不好。"

"多久了？"

"最近几天吧，这不是生病呐舅舅，我知道我没生病。"

"你是不是——"舅舅的眼睛从啤酒罐上边瞅着六六。"你还在担心前几天的事？"

"……"这会儿轮到六六低下脑袋把胳膊肘支到窗台上了。

"我跟你说，那几个警察只是过来例行检查，那不算什么，一点事都没有。我不知道你是听厨房哪个家伙说了什么还是怎么了。"

"我没听说什么。"六六的声音在啤酒罐里嗡嗡的。

"厨房老戴给手铐铐了一会儿，可能他当时给吓着了，说话也就不着调了，老戴这老酸鬼——"舅舅一只脚尖踢了一下墙壁。

"舅舅，这不关老戴的事，我没听他说什么，我没事，我当时——我只是在他们搜查你的钱夹子的时候担心了一下，然后就——"

"你真是——钱夹子里又没什么！"舅舅把细眉毛扬得老高。

"我知道，我知道没事。"六六把下巴抵在啤酒罐子上，脸颊更嘟嘟的了，像只猫。

"这种事很可笑！你想，白粉是毒品，那是多贵的东西！一个火锅能赚几个钱？可能你听说过有些火锅店往汤料里加什么白粉啊罂粟壳这些乱七八糟的，那是别人的事——"

"……"

舅舅喝光了啤酒，他把罐子扔到楼下院子里咣咚咚响，那只鹅随后发出警觉的叫声，听来像有人猛一下推开了一扇生锈的铁门。

"我看你别回去了，你这一回去，你娘还以为——你知道，她脑筋不活络，有点事就一惊一乍的。"

"我电话里没跟她说什么事，舅舅。"

"那也不能回去，她会认为我亏待了你，那我就更没法给她交代了。"

"我会跟她说是我自己一心想回去的。"

"那你娘问你为什么想回去，你怎么说呢？"舅舅叉起腰偏着头。"嗯？"

"就说——就说是自己想家呗,自己不适应城里的生活。"

楼下厨房里有刷锅的响动,接着有人在喊"陶老板"。舅舅整了整衣领。

"我就说自己不习惯城里,不习惯就是——不适应,就是不舒坦——"

舅舅走到门边回应了一句:"在这儿,我一会儿下来。"

他回到窗边,恢复了一个老板的果断,他说:

"我看你不能回去。你坚决不能回去,过中秋节的时候你再回家打一转就是了。你现在回去,你嘴又笨,你娘肯定觉得是我不对,是我不好,是我这舅舅做人厉害。你说呢?"

"……"

"这鹅也真是烦!"舅舅望向那棵最大的樟树,树枝浓密,他看不见那边的自行车棚子。他又俯在窗台上了:"你说呢?"

六六不做声,仰头喝了一大口啤酒然后又把脑袋低向窗台。"没想到我喝了大半罐啤酒了,呵呵。"

"这有什么!你是大人了,以后喝酒的场合多的是。其实,我要跟你强调的就是这个,你要记住你是大人了,最好别意气用事,别乱说话也别随便作决定。"

"那老头要杀鹅,怪不得这鹅叫得这么急!"六六似乎想把话头彻底转开去。

"是吗?是那个收泔水的孟老头?嗯,这鹅杀了就清净了,你也就不会休息不好了,"舅舅跟六六一样把胳膊肘撑在窗台上、两手支着脑袋,"说起来,对于我们这种开店做小生意的人,有时候根本谈不上休息不休息——"

舅舅让六六把啤酒喝完,他瞧着六六嘟嘟的脸,跟这孩子谈起在外面讨生活多不容易,他当年到城里来混,在码头上扛包、在冷库里搬运猪肉、骑摩托车拉客送货,有一年冬天他送货到省城去,返回时已经是深夜,他偷偷上了高速公路,骑回住处他根本就下不了车,两条腿就那么弯曲着给寒风冻住了,他坐在车上大声呼喊,把同事从宿舍里喊出来,他们把他抬进屋,用热毛巾帮他的膝盖一点点地解冻……在城里都这么不容易,在穷山村里就更不会有一点发迹了。

树那边,鹅叫得不急但声音尖锐,空气给割成一条一条的了。六六歪着脸往那儿看。六六朝蘑菇头吹一口酒气说:

"嘀!那只鹅好大的脾气哦!它啄了孟老头的手掌,嘀!孟老头的刀给啄掉了。这鹅脖子好灵活呀!蛇一样绕来绕去,哼哼——"六六把笑声压得很低。

"抓住了吗?"舅舅也学六六的样子歪着脸。

"只抓住了两只脚,没抓住鹅翅膀——鹅翅膀好宽啊,又宽又快!——哎呀,鹅啄了孟老头的眼睛。"

"我看看——"舅舅靠过去,眯起眼、拧起细眉毛,六六这边的樟树枝叶是要稀疏些,但也少不了几片叶子。"我看不见。我眼睛不好了。"他又挪回窗台右边,顿了顿脚。

"好多鹅绒啊,孟老头揪了好多鹅绒下来了——"六六的下巴趴在窗台上。"这么大的翅膀，一只手抓不住的，这么多鹅绒，他好像抓了个大棉花糖，哈哈。"

"那只脏鹅，杂色的鹅绒又卖不了钱。"舅舅把六六的啤酒罐子拿过去，"嗵"的一下捏扁了。"别管他了，这老头——"

"天啦！鹅又啄准了他的眼睛，他流血了！"

"哪呀？"舅舅又靠过去跟六六肩并肩。

"他倒下去了！"

"你看见他倒在地上啦？"

"我看见他脸上流血了，他眼睛里流血了。"

舅舅看看樟树又看看六六。六六张大着嘴，看看樟树又看看舅舅，蘑菇头给甩得打旋。"他两只眼睛都在流血！"六六比划着血从孟老头眼睛里冒出来的样子，两只手从眼皮那儿把两团空气突地拿开。

"你真看清楚啦？鹅呢？"

"鹅啄了他的眼珠子就逃走了，他眼睛里冒出血来了！他倒在棚子里了。"

"我去看看，这老头，别给一只鹅啄死啰！"

舅舅把啤酒罐子还给六六，他走下楼梯，听见厨房洗涤槽那儿的自来水哗哗的。他瞥了一眼厨房中间的大桌子，上面摆着洗好的蔬菜和碗碟什么的。他扭头穿过杂院，脚步不快也不慢，阳光有点刺眼、硌皮肤，他绕过樟树走到存自行车的棚子旁边。他停住了，双手叉腰，眉毛抽动两下。孟老头正坐在竹凳子上给那只鹅挦毛，菜刀躺在凳子下面，那只鹅则扭曲着躺在一个脸盆里，它给割断气了，灰色的鹅脖子上有一个红色的泉眼在冒血水，血水淌到鹅肚子上就分成两路，一路去了鹅尾巴，一路则去了鹅掌。几片灰中带红的鹅毛沾在孟老头的凉拖鞋上。六六舅舅像六六那样嘟嘴往上吹一下自己额上的汗珠。他走进自行车棚子的阴影里。

"孟老爹，刚才——鹅没啄到你吧？"

"没有啊，它还敢啄我！它听话得很，我养了它几个月了呐。"孟老头抬起脸，除了眼袋有点大，他两只眼睛都好好的。"你是想买鹅肉吗，陶老板？我可不卖哦，你要买鹅毛鹅绒还行。"

"不是，我买这些有什么用。"六六舅舅回头看了看身后的一排樟树，从这儿望不到院子那边六六的小屋，差不多整个三层小楼都给树叶子挡住了。接着他抱起胳膊摆出一个看闲事的邻里的样子。他知道孟老头不是个爱说话的老头。他看了好一会儿才问：

"这鹅还不算太大，干吗杀掉啊？"

"有什么办法？楼上的邻居们——"孟老头朝身后那座土黄色的老楼房摇一摇手背，"他们埋怨鹅太吵了，有些人埋怨吧，又不说，就是拿眼睛——那双眼睛像铁锹一样铲人，那比骂人还难受。"

"嘿嘿，"六六舅舅的笑声撞到了车棚的铁皮棚顶，"说起来，我外甥也很不喜欢你的鹅，鹅白天太吵了，而他又只能白天睡觉。不过——他今天回老家去了。"他伸脚扒拉着几片稍干净的鹅毛。

"那个端盘子的伢子？已经回老家去了？"

"嗯，是的，他不想在这干了，他刚走了，就刚才。"

"那伢子挺机灵，会见子打子。"

"是啊。他是我外甥。"

六六舅舅提一提牛仔裤腰带。

"陶老板，我今天可能要晚一点到你们那收泔水。我想把这鹅炖久一点、炖烂一点，再整一小盅酒喝喝。"

"没问题，我有两只大泔水桶，一只装满了还有一只。"

"养了几个月，就是图它能下点酒。"

"是啊，鹅肉多炖一会儿，吃起来还是不错的。"

六六舅舅穿过院子走回来。他勾着脑袋，晃荡着身体，他踩了一脚自己先前扔下来的啤酒罐子。他没进厨房也没看那儿一眼，他又上了楼梯。他知道六六这会儿走了，可还是想上去看看。在二、三层之间的楼梯拐弯处，六六房间的门开着，舅舅走进去，捡起另一个啤酒罐子重新捏圆了摆在窗台上，他在木板床的床沿坐下来，想吹吹电扇但得把电扇的四个螺丝重新拧进去。于是他用手和小剪刀拧螺丝，一边想着自己原本还要把在外打拼的经历多给外甥"摆一摆"的，还要把自己艰难的童年也给外甥"摆一摆"，那时候他们家也很穷啊，他一个男孩总是穿姐姐穿过的旧衣服旧裤子，像这样的热天，他从来没吃过冰棍，不，他和姐姐合伙买过一根冰棍，姐姐让他先吃了一大半，又让他吃了剩下的一小半中的一半。他姐姐疼他，下雨天他和姐姐共一顶斗笠去上学姐姐也总是让弟弟的脑袋占据斗笠正中间，他们家根本拿不出两个斗笠，更拿不出一把伞。他和姐姐其实都没上过几年学，还好，这年头也不需要读多少书，这年头……现在，他没法把这些道理说给外甥听了，不过他还算是个孩子，他得再长大点，既然他还是个孩子，他这个大人也就没什么好担心的，孩子的话谁会放在心上呢？说起来，他也不是担心六六，他只是觉得他姐姐有点一惊一乍的，山窝里的农民，几乎一辈子都不会跟警察打任何交道，又朴素又固执，当然，这也说不上是多大的缺点……

他让电扇坐到他身后，他拧开电源吹了一小会儿风。厨房里又有人在叫他，他没应答，却掏出烟塞进嘴里点上。于是，那个喊他的老戴走上楼来。老戴穿着白色的短袖汗衫，他是个砧板工，兼炒几样小菜。他的裤口袋里总有一个记各种历史典故的小本子，只要厨房里稍微热点，他就会掏出这个皮面本子来扇凉。

他瘦，有点哈肩哈背的，他走进任何房间都像是探头探脑窥察点什么。他走进来，抹一抹额头上的汗珠。

"陶老板，你外甥走了，他说你同意他走的。"

"嗯。就这个事吗？"

"哦，我是喊您去对一下账，刚有个送鱼的来算账，说的数字跟我们的记录有点偏差，有几笔钱不太对，数目倒不大。"

"送鱼的走了？那等会儿我再查查账簿。"陶老板顺手拿过凳子上搁着的六六的刷牙杯子，他把牙刷试探着扔到墙角去，他把烟灰磕在透明的杯子里。他示意老戴在凳子上坐下，老戴掏自己的口袋。老戴那个红色的皮面笔记本才露出一半，陶老板就赶紧把电扇的"旋转"按钮打开，电扇一摇头，凉风吹到老戴的额头上了。

"我正考虑等过中秋节的时候，要不要进一点野猪肉呐。老戴你觉得怎样啊？"

"野猪肉？以前没进过啊。菜市场里我也没见过。"

"你吃过野猪肉吗？"

"吃过，嚼起来很费劲。"

"嗯，那——"陶老板突然包着嘴笑起来，他摘掉烟，让笑声淌出来。"你看见过野猪跑吗？"

"喔呵呵，陶老板怎么——今天说话怎么跟我平常一样咯。"

"跟你一样好啊。"

老戴喔呵呵笑着接过陶老板的烟。陶老板把刚才那支烟的烟蒂也扔在六六的刷牙杯子里。

"我看见过野猪跑。他们用铳把它赶下山——是的，就是乡村里人家办红白喜事用的那种铳，没有装铁弹子，只装了火药，就是做鞭炮的那种火药——不，他们不放鞭炮，他们只是把火药装进铳里，然后对着野猪点燃引线。"

陶老板掏出一个火机给老戴点烟。

"我自己来吧。"他接过火机,他把火机还回来。陶老板用火机指一指老戴的胳膊肘那儿:

"你手上的烫伤还没好吗?"

"快好了,在开始结痂。"老戴扭转胳膊肘看一眼烫伤的伤口。

"烫伤了,肯定就得让烫坏的那块肉完全烂掉才能开始结痂。"

"是啊。当时要是用冰块敷上就是了。"老戴其实最近才学会抽烟,他抿一小口烟。"你刚才是说,想到山里面去买点野猪肉吗?"

"不是。山里面也没有。我说的那个山村里原本有,后来又没有了。"

"野猪不好养,跑出去拱庄稼可真厉害,一张尖嘴一晚上能拱一亩地。"

"那头野猪倒是不糟蹋庄稼,那户人家养的小野猪更不可能跑出去糟蹋庄稼。"

"哦,那为什么不养了?野猪肉好吃啊,瘦肉多。"

陶老板低下头,他让那个火机溜进了格子衬衣的胸口袋,他顺带往口袋里吐了一口烟。"那养猪的,是原来跟我一块儿在码头上干活的工友,他后来回山村里养猪,他养了三头母猪,"他伸出三个手指。"三头白花花的母猪,刚开始没赚多少钱,又辛苦又没落下钱,后来——养了一年多吧,有一天早晨起床后,他哈欠滚滚的去猪圈里看看,好家伙!猪栏里少了两头母猪,一下子就完全吓醒了。"

"三头少了两头！好家伙！"

"再一看，猪圈的石墙被拱缺口了。他就自己爬过那个缺口沿着那个——沿着那些蛛丝马迹去找，他知道母猪那会儿正在发情，也还算好找，在山边的草丛里找到了，还没到近前，就模模糊糊看到草丛里有三头猪。嘿！明明是丢了两头啊，怎么变成三头了？是的，是野猪，是野猪把它们勾引去的，全身乌黑的大野猪。"

"不请自来！这种好事，可遇不可求啊！"

"是啊，生下来的小猪，纯天然野生的啊！还长得快，还不生病，还卖价高一倍。"

"无心插柳柳成荫——该他发财的。"

"没发财。他爹看不下去了。"

"哦！他爹？"

"说是——嘿嘿，说是这生意做得不正经。"

"喔呵呵——那是猪和猪的事啊！"

他俩同时往地上的玻璃杯子里磕烟灰。他俩同时吸一口烟，老戴往地板上呼出一口烟，陶老板则过了一会儿才呼出来。

"他爹可不这么认为，他爹倒真像头猪。"他把细眉毛扬上去。"嘿呀，老人家把那三头母猪叫做'姑娘们'，他不许姑娘们出去跟野猪乱来。"

"哦——喔呵呵，就因为叫三头母猪"姑娘们"，就真——他爹什么意思啊？"老戴的凉鞋差点碰翻了杯子。

"说不明白。反正,他不许儿子放猪出去了,说这事不正经。"他们同时去扶起杯子。

"……"老戴在等陶老板吐烟。

"他堵上了猪圈缺口,还把石墙加了六七层砖,加高了一米,说他儿子要做事就得做'正经事'。"

"他爹不喜欢养猪?"

"不是,他爹每天帮儿子喂猪割猪草呐!天热了还帮猪洗澡。"

"那可真是——他脑袋给门挤了?"

"……"陶老板深吸一口烟。

"……"老戴瞧着陶老板的细眉扬上去。沉默了好一会。他转脸瞧窗外的樟树,当房间里这台蓝色小电扇往窗户吹风,院子里的几棵樟树正好也开始微微晃动。他又转回来瞧了瞧电扇。

"怪事。"

"是说不明白。山村里的人就这样子,而且话也特别少。"

"那倒是,他们还以为自己是'金口难开'。后来就把野猪打死了?"

"是啊,他爹报了警,村长组织人先用铳把野猪赶下山,嘿嘿,那头野猪也真是猪,沿着空敞敞的公路跑,拐个弯都不会,一枪就给撂倒了,另一个警察还没来得及拔出枪。"

"他爹还知道报警,那么死脑筋的人,呵!他一定以为警察都特别——以为他们还有点警察的样子。"

"是啊,那头野猪给警察喜滋滋的分走了一半。他们就是脑筋不活络，山窝的人就这毛病。"他任由一截长长的烟灰被电扇吹落在地板上。

"这我知道，偏远地方的人都这样，一方水土养一方人。"

"是啊，没见过世面嘛！还好像全社会就他们看得明白的样子。"

"是的，就是井底之蛙，还前怕狼后怕虎的。"

"对！就是没一点闯劲。"

"这年头要的就是闯劲。"

老戴的烟没抽完就装进了玻璃杯。突然，他那探向地板的脑袋猛地向身后仰去。他对着天花板发出一串大笑：

"喔呵——呵——不正经！——喔呵呵。"

"嘿嘿，我说给别人听人家还以为我编的呢！"

陶老板也把没抽完的烟扔进了杯子。

"喔呵，这真是——唉，野猪肉真是很好吃很好卖呐，供不应求的。"

"是啊，根本不愁销路。后来，我那工友把杂交猪全卖了，种都没留一只。有些小猪崽还挺好看的，带花纹，那种黄颜色的横条纹。"

"可惜了。他爹——到底害怕什么啊？"

"他儿子也问不明白，他这害怕跟我们的害怕不一样，不过他儿子挺服他的。"

"唉，偏远地方的人！他们还以为自己——嗯，就是特别自以为是。"

"是这么个理,有时还真拿他们没办法。"

被老板这么一肯定,老戴有点不好意思地在白汗衫上擦擦手。

"欸——"他学着陶老板的样子一扬眉毛,"你这工友是不是上回来过这儿?就是吃小龙虾过敏的那个——"

"是的,就是他。他吃田螺也过敏。他现在在船厂里做电焊工。"

"他人挺不错,喝啤酒——你敬一下他就喝一杯——下回来了跟他聊聊。"

"是啊。下回我还是得请他打听下——找一找哪儿有野猪肉卖。"

厨房里有伙计在叫老戴,声气呜啦啦的、不那么友好,是大厨。老戴也不甘示弱朝楼下呜啦啦答应了一嗓子。他垮着肩背走下楼去。陶老板把电扇的旋转按钮关了,接着,索性把电源也关了。他站到窗边去。他看见太阳一寸寸矮了,树叶子的绿色一层层加深,不用多久,楼房和院子里的泥地就会开始散发白天吸纳的热量,你不免烦躁,还以为晚上也要这么热下去呢。晚上总是很凉快,风会咻溜咻溜地从大湖那边吹来。

兄弟情深

田小峰是哥哥，脸长，皮肤白。田小涛是弟弟，一张见人就笑的圆脸，有点黑。

田小峰和田小涛是湖州涨大水那年迁到温泉镇来的。起先兄弟俩住在镇子后边的赈灾棚里，但是，他们很快就感觉到连小孩都瞧不起每天从赈灾棚出来的人。他们在镇上转悠一圈，决定在酿酒厂旁边就着一面废弃的山墙搭一间小屋。兄弟俩用板车拉来那种半截半截的砖头，自己动手砌起来。接着，兄弟俩就在工地上揽到了一个用板车拉砖的活儿。工头嫌他们胳膊细，但他们说兄弟两个总抵得上一个吧，而且他们不会在工地上吃饭。他们吃自己在小摊上买的烧饼，他们一边吃一边用一个铁皮壶的盖子喝水,铁皮壶整天都挂在板车下面。晚上,他们和板车一块回到自己的屋子。屋子那么小,板车怎么放得进去?但他们怕板车给人偷走。

田小峰和田小涛从没提过他们的父母,温泉镇也没一个他们的亲戚。明摆着,别人尽可以给兄弟俩苦头吃。有一年中秋,镇子上人人都在尽兴地过节,田小峰知道过节就得有点儿好吃的,他想自己可以带弟弟去河湾里弄几条鱼。当他们将捞上来的鱼装进网兜准备返回,有个拿扁担的中年男人从河堤下来一脚踩到网兜上,他说兄弟俩想要鱼的话扁担就会敲断他们的狗腿。田小峰是个胆小怕事的哥哥,他牵着弟弟不喘气地逃开。他们跑到防风林里,却发现弟弟田小涛左脚上的凉鞋不在了,而他们不可能有买第二双凉鞋的钱呐。于是,田小峰趁天色还没黑去找弟弟的凉鞋,他有点怕,但他嘱咐弟弟留在林子里等他。田小涛瞧着哥哥消失在河堤上,心想以后他可要样样事情都照顾哥哥。

田小涛后来干过油漆活,当过泥水工、养路工,摆过水果摊、夜宵摊,开过冷饮店、农用车修理店。当他在老街区买下一爿店面,他决定将店面后的三间房子装修成一个家好让哥哥结婚。哥哥田小峰的女朋友是个塑料厂帮工的姑娘,她头发上总结着条丝巾。人们说这姑娘不怎么爱笑但看上去很朴素,又朴素又踏实能干的样子。哥哥结婚后,田小涛爽性将店面也让给哥哥做点不那么辛苦的生意。他比哥哥年轻、手上有技术,一个有技术的人任何时候都不怕没饭吃,而且,温泉镇人人都说他田小涛是个热情又有头脑的小伙子，不是吗？

现在，田小涛在镇子东边重开了维修店，他还买下一个小饭馆的门面好经营汽车配件，接着，他娶了一位在镇广播站上班的姑娘，这姑娘在城里念过大专，说起话来声音那么圆润、婉转，仿佛每一个字都从舌尖上打个滚再吐出来。人们担心这有文化的姑娘怎么跟田小涛合得来。事实上，这姑娘觉得田小涛懂那么多道理，有那么多成熟的想法，她喜欢同他腻在一起，而且他们都爱好唱歌，尤其是十几年前的老歌，在房间里，他们你一句我一句地哼唱着。

说到唱歌，田小涛就记起结婚前他曾买过一套音响留在哥哥田小峰家里，他和妻子现在不正用得着吗？而哥哥嫂子打不定还嫌它占位置呐。不过，事情可没这小伙子想象的那么简单。

田小峰和他老婆在原来的地方开着一爿杂货铺，顾客多是街巷里爱赊账的老住户。田小涛进去的时候，哥哥正用计算器清理账本。已经是傍晚了，挂在货架上的电灯让空气显得闷热。厨房里传来煎东西的嗞啦声。

客厅里，那套方头方脑的音响就坐在柜子中间。才刚开口，田小涛就看见哥哥一张脸分出上下两段，嘴笑眉不笑。这让做弟弟的心生困惑，一边他又为这捉摸不定的笑容感到别扭。哥哥摘掉眼镜，给弟弟泡一杯茶，然后他走到厨房门口去。田小涛听见嫂子将燃气灶拧灭时的咔嚓一响，接着，嫂子顶一头蓬松的卷发迈出来。田小涛这才觉察到自己来错了。

"什么音响？哦哟，我还以为是我们家的呐！你哥哥——"嫂子说着把脸转向哥哥，"你这死鬼，上次还说是结婚时特别买的。"

"我可没……"

"你这死鬼，你要没说过我还真嫌它摆这儿挤位置呢！"

"小涛，呃——"

"呃什么呃，就你这不长志气的，结婚两年，没见往家里添东西，倒有本事往外搬。真是脑壳都叫你气疼。"

嫂子顺手拖过一旁的靠背椅，同她的卷发一块儿坐下来。她是个结实、敢于争取的婆娘，她知道做弟弟的爱面子，她乐意把事情闹大。这会儿田小涛只想快些退堂。

"好了，哥，嫂，你们也别尽说气话，我原来是想你们要是……"

"老弟呀，我呢，不是非要这音响不可，我不是这意思。我是气你这死鬼哥哥拿话来哄我！"她把手拍在腿上，"再说啦，我们赚口辛苦饭都忙不过来，哪里配用这高级东西……"

越听越不像话，田小涛感到胸腔里有个东西在往下坠。他放下茶杯朝外走。在杂货铺门口，哥哥田小峰跟了上来。

"小涛，呃——"

"哥，别说啦！我自己再买一个音响就是了。你也别急，你进屋去同嫂子好好解释一下。"

夜色已经覆盖了镇子，街上仅有的几盏路灯爱亮不亮地照下来。人们都在收摊回家，温泉镇独有的那种嘈杂又亲切、汗津津又舒坦坦的空气，这么些年来，一径都没有变过。

田小涛慢慢悠悠走回家，妻子正在洗头发。妻子在浴室里说饭菜给他留在电饭煲里，但田小涛这会儿可不想吃任何东西，甚至懒得开口说话。他坐到厨房后面的小阳台上闷声不响地喝茶。河水在不远处流动，河这边是黑黢黢的稻田，闻得见谷子干燥的薰香。

"你没跟他们闹出意见吧？"妻子站到田小涛身后，一边用干毛巾搓着头发。

"你几时看我跟人闹过意见？"

"那音响怎么没拿来？"

"……"

"他们不肯？"

"没拿来就没拿来，你给我少说两句！"

"呵，今天哪里长这么大脾气哟？"

"还不是因为你说要什么音响！"

"你要不说原来你有一套搁那儿，我也不会叫你去拿呀！"妻子把搓干的头发往后一甩，"谁晓得你哥这人，看上去倒是——"

"我哥怎么啦？！"田小涛立时转过头来瞪圆了眼。

他妻子清楚他的脾气，赶忙打个圆场走开：

"好啦好啦，我不跟你争，我怕你还不行吗？"

她走到客厅里，把电饭煲的电源摁开。等到丈夫独自生够了闷气坐到桌前来吃饭、吃她做的红烧鲤鱼，她瞧着丈夫圆鼓鼓的腮帮子，感到自己取得了一次小小的胜利。

双声

　　殡葬业务员六原，陪同姚老头从河堤上散步回来。两人走过市场街，那些摊贩听见六原口口声声叫人家伯伯觉得好笑，他们瞧着六原扶住这有钱"伯伯"的胳膊觉得好笑，他们也注意到六原结了领带、穿着件平平整整的西服。

　　"他还挺爱干净的！"

　　"嗨——"另一个摊贩接口说，"你可别这么挖苦！人家好不容易干净几天。"

　　几个人笑出声来。

　　六原当然听见这些议论，他甚至不用听也知道他们嚼的什么舌头。他们说他欠了每个人的账，说他不应该沾酒，说他的孩子不应该早上喝豆奶,他家里添一台旧电视,他们认为不应该,连他稍微长胖一点点,在这些人眼里也是罪过,是故意同他们作对。

也许明天他就有钱堵住这些张破嘴,他正在谈一笔大生意,不是吗?姚老头是温泉镇叫得响的有钱人,他有个赚大钱的儿子住在城里。姚老头这回要给自己预订丧礼,因为他看准了儿子其实不疼他。他前不久刚从城里回来,他还在生儿子的气。

"他们总是,总是不给我做汤喝。"姚老头又在数落他的儿子儿媳。

"是啊,喝汤对健康最有帮助了。"六原看一下老头潮红的脸盘。

"你说他们为什么就,就不肯做点汤给我喝?"

"我估计,他们可能是——"

"对啦!他们嫌我喝汤的声音太响。这样的子女,哪里见过!你说是不是?"

"嗯,这的确不太好。"

"唔,他们嫌我,他们也不想想……"老头缓缓侧过身,像上了发条一样咕咕哝哝。六原伸出手掌拍抚他的背,向他保证他的确是全镇最有福气、最令人羡慕的老人家。

三天来,就这么点事,弄不好这老头还会呜呜哭起来。拟好的合同只能闷在六原的西服口袋。棺木、灵车、骨灰盒、墓碑墓地、各项仪式(《孝子经》要念一千遍),还有定金,双方都已敲定,但这倔老头坚持认为只有真正明白他的想法,殡葬公司才能

鹅与野猪、山鬼

真正办好他的丧事。六原还有什么不明白的呢？

现在，姚老头带着六原进了院子。月季朵朵盛开，金菊散发芬芳，芬芳环绕着一幢白色三层小楼。楼下两层住着老头的房客，这会儿运气不错，几扇窗户后面都没有警惕的眼睛打量六原，更没有人站出来古怪地咳嗽。

"其实，我喝汤的声音一点也不响……"

"是呐，喝汤能有多大的响动。"六原又往四周睃了几眼。

"他们是故意的。他们清楚我一不喝汤呢，就胸闷、就难受，这一来就能把我赶回家了。你说对啦，他们认为我喜欢呆在城里，他们要把我赶回家。"

姚老头下巴颏撅起来，嘴唇更显得肉嘟嘟的。他的毛线帽子歪了，压住了眉毛，可他没去扶正，他的右手挂了拐杖，他的左手臂给六原搂着。

"伯伯，我们进屋说吧，外头有点风了。"

这是全镇唯一带电梯的房子，还真适应不过来。从姚老头的客厅望得见河对面的山峦。姚老头在檀木围椅上坐下，然后抱住他照例一落座就离不开的饼干盒，方柱形的饼干盒大得挡住了老头的身躯，饼干盒金黄的铝制外壳让老头多了一圈了不起的神气。他在吃核仁酥，他边吃边把手伸进饼干盒翻拣。六原知道这饼干盒里的东西五花八门：各样蛋糕、各式酥饼、各色水果、酸甜咸辣等各种味道的小吃，还有一些钥匙、小卡片。这会儿老头摸了个桔子，剥开来、慢慢地抿。

这应当是时机了,六原习惯性地捏一下自己的鼻子,另一只手掏出合同。

"伯伯,您看——"

"哦。唔——,那个《孝子经》,嗯,要念一千遍,写了吗?"

"写了写了。"

"其实呐,我儿子原本很孝顺,原本不是这个样子。"

"是啊。他老婆不好。"

"我早就看出,呃——"老头吐一块桔子皮,"这婆娘主要是看上我儿子有钱。"

"那是,现在的女孩子都这样。"

"你说得很对。我特别看不惯。这婆娘就喜欢打扮,喜欢听音乐,耳朵上戴着那个——"

"耳机。"

"对,耳机。她成天听音乐。我儿子怕她,我看得出来,他一个脑壳就长在婆娘身上。这婆娘嫌我喝汤的声音太响,我儿子,你看,他就真的过来抢我的汤勺,抢啊,就这样,我才刚喝一两口——"

六原知道这下情况不妙。果然,姚老头又瘪起嘴呜呜哭了,哭声传进饼干盒,送出忧伤的回音。老头的毛线帽子又歪了,肉嘟嘟的脸盘像个没长牙齿的婴儿。六原放下合同,把滚跑的桔子捡起来搁到茶几上,再拿一卷纸巾递给老头。这是他的客户,他没有理由看着客户伤心。等老头平和下来,客厅里的大摆钟敲了五点,河对面的山峦染了一层暮色。

老头这会儿在抿一条辣味小干鱼。

"等他听和尚念一千遍《孝子经》,唔,让他想想,我把他带到这么大,一步一步都不容易。"

六原不想再接老头的话,他在想今天无论如何得让这老不死的签下名字,然后,支付定金。他把合同从茶几上拿起,故意在手里晃动。

"他们说得倒挺乖巧,他们说:爹,你想吃什么就买什么,不要怕花钱,你照顾好自己,就是帮我们的忙。"

"哦。"

"我没别的要求,我就只想喝点汤。我要是一天不喝汤,那就麻烦啰!"

"那是。"

"我不喝汤呢,就感到手呀脚呀,都伸展不开,样样东西也都没个味了,你说,人活着,不就是图个味吗?"

六原瞧着姚老头长在饼干盒上的脸,觉得全世界的汤正在汇合,要把自己和老头淹个半死。

"他们年轻人不懂。唔,那婆娘,总是打扮得客客气气的,唔,一大早就戴那个,那个——"

"耳机。"

"嗯,戴耳机。她听音乐,她人坏,只要眨一下眼睛,我儿子就听她的,就过来夺我的勺子,一双手夺,唔哦——我活到六十五岁，喝口汤还要——"

六原这回不理他，老头倒只是哽咽了几声，然后，扶一扶毛线帽子，开始抿山楂饴。

"你不能说我儿子有多坏。"

"我知道。"

"我儿子原本不是这个样子，我清楚，坏就坏在那个婆娘身上，那个婆娘……"

六原确认自己是个新上任的殡葬业务员，他得有业务员的干练，他得靠干练来获取提成，他需要用提成来给自己安排像样点的生活。于是，他展开合同，站起身将它摆到姚老头的饼干盒上。

"伯伯，您看，您的意思上面一条一条写得很明白了，这里有笔，要不您签个字？"

事情在不知觉间起了变数。姚老头看看合同，看看六原，又看看合同，接着他陷入了沉思，他没抿东西了，只是紧紧搂着饼干盒。

"哦。年轻人，我现在心里明白了，你说，"老头像在向六原征询意见，"你说我要是死了，那婆娘会不会更高兴？"

"哦，这个，跟合同没关系呀！"六原小心地说。

"不，我明白啦，"老头竖起一根指头告诉六原，"我还不想死。"

"哎，伯伯，这跟丧礼合同完全是两码事。"

"不，我明白了，我打定主意了，年轻人，我不想什么丧礼了，我一点也不想死。"

"伯伯，嗨，看您想到哪里去了——"

"不。我看你们殡葬公司，也巴不得我们老人早点死，跟我儿子那个婆娘一个样，是不是？对不对？"

"……"

现在，六原走在街上，他一点也不失望。他从一家家店铺投出的灯光里走过，他在心里说我也想还清你们的账，也想拿现金来买你们的东西，我也想干成一笔像样的生意而不要在码头上帮人家搬这搬那受吆喝，我也愿意装模作样地穿着件西服干净又体面。想到这些，他差点笑起来。他爽性脱下西服把它搭到肩上，然后，从岔路口向左转，他和他的西服一同进了当铺。此刻，他比任何时候都清楚谁才是最能体会他心思的、什么才是生活中最有滋味的。

当六原一手握着半瓶没喝完的谷酒回到家，他儿子正在写作业，看见父亲的身影晃进来，这孩子将什么东西溜快地藏到背后。

"爸。"他抬头望着父亲。

"你刚才藏什么啦？啊？"

"没什么。"

"吓！答得好！没什么！好啊，我让你没什么！"

做父亲的一把揪住小孩的脖子将他撂到一旁。椅子上是一辆玩具车。

"爸,是别人放我这儿的!是别人的!"小孩拖住父亲的手臂求饶。

"敢跟老子说没什么!老子要让它开花,你就知道什么叫没什么了!"

玩具车应声摔了个稀巴烂。

但是,决不能说六原是个多么凶狠的人,因为等头脑中的酒精稍稍挥发一些,他看着眼泪鼻涕含混不清的儿子,深深地觉得这孩子跟着自己这样的父亲真不容易。六原甚至还想起了姚老头那个在城里赚大钱的儿子,如果真的要跪在姚老头的灵堂前听和尚将《孝子经》唠叨个一千遍,这有钱的儿子也一定会感到特别不容易、特别失望。

春雪

连着几天,冷风从大湖那边吹来水汽。湿润的气流抵达温泉镇,碰到山峦,就上升成一片片阴灰的云,云层越积越厚,眼下是快要下雪的架势了。从厨房里望得见镇子前边的沙河,阴灰的天幕下,河水冻得像一整块铁皮屋顶停歇了流动。

徐大婶正擦洗高压锅,钢丝球在她手中发出嗞呀嗞呀的声响。她是个喜欢让自己忙许多事情的家庭主妇。从前她在步行街那儿开一爿不大不小的茶店,一年前她嫁给了茶店的老顾客老柯。老柯是个胖胖的、有点秃顶的半老头,从河运公司提前退休后,他就常来徐大婶的茶店,坐在紧靠吧台的那个桌位。除了喝茶,他也帮徐大婶打理账目、招呼顾客,他戴上阔边眼镜办事的那股认真气儿让徐大婶觉得心里踏实、觉得什么样的难关她都会过去。他们结婚时，徐大婶的儿子小墨正在城里一家卫生院实习，没能回家，直到今年春节过后才得到休假。徐大婶希望小墨毕业后最好还是回镇上来，不过年轻人总有自己的划算。

跟徐大婶一样，小墨很久以前就认识老柯，他对徐大婶和老柯的结合没说什么。他还是个喜欢戴鸭舌帽、有点腼腆不爱说话的小伙子。这会儿他正搬一架木梯子从大门口出去，老柯提着个工具袋跟在后边，他仰脸瞧着梯子顶端，让小墨当心别碰着门口的电灯。

夜里，冷风掀动屋外的电线套管，对套管起固定作用的生了锈的螺丝就此脱落了，他们要去重新钉好。他们搬着木梯绕过院子里的桔树，看见松落的套管就垂在气窗下面，风一吹，像根缆绳摇荡、拍打砖墙。

徐小墨靠墙放好木梯，从老柯手中接过一枚大螺丝钉和一把起子。当他顺着木梯往上爬，老柯就在下边双手稳住梯脚。螺丝钉大了，旋不进原有的孔道里去。徐小墨又爬下木梯，让老柯从工具袋找出钉锤递给他。

"你刚才准是旋得太急了。"老柯说。

"注意敲得轻一点。"老柯提醒小墨。

"看准了，就用力敲它一下。"一会儿梯子下面的声音又说。

徐小墨的手冻僵了倒是真的。冷风一针针穿透他的毛衣，凉冰冰钻进他的脖颈。终于，锤子敲到他的左手食指指头上，待他朝指头哈几口热气再看准了敲下去,却砸下几片砖渣,正跌到下边老柯凸出的肚腹上。

"嘿,年轻人,你这手可有点笨呐!"

徐小墨下到地上,涨红了脸。他的手指头起了一团紫晕。

老柯看着一旁的工具袋自言自语:"可能,可能这螺丝确实……"

"你根本就应当叫专门的维修工来。"

"这种事,也不晓得上哪里去找维修工呐。"

"还怕请不到人?只要肯出钱就行。只要肯出钱!"

老柯突然听出这话的语气不对劲,他抬头和年轻人对视了一下,看见小墨的眉额皱着、眼里冒着光,一时间他不明白这年轻人为什么感到恼火。年轻人转身离开,从两棵桔子树中间穿过,迈着阔步朝屋里走去。

徐大婶听见小墨的脚步踏上门前的台阶,接着,她看见小墨一手抓着他的鸭舌帽进了堂屋,脖子勾着,往楼上房间走去。徐大婶把剩下的白萝卜切完,装进砂锅。然后,她将那束干豆角放进瓷钵,再倒些热水让它泡涨。她把燃气灶的火拧灭,又用围裙擦干净手。

在后面的工房里,老柯正扒拉着一小堆钉子螺丝,他背对房门,徐大婶瞧不见他的脸。光线微黯,徐大婶替他打亮了灯。

"怎么啦,老柯?"

"唔,没事,你忙自己的。"

"我刚看见小墨不大对劲,好像在生气。"

"哦,是吗?"

"到底什么事嘛?"

"没什么事。年轻人嘛,脾气有点急。"

"他跟你吵架了?"

"你别瞎想。"

可徐大婶一点也没有走开的意思。她挨近老柯,一个劲地看他弯着腰身找螺丝钉,他弯腰比别人都要吃力,脑门子上显出汗迹。徐大婶知道,要让这个男人说出他的心事,她只要瞧着他就能办到。果然,老柯直起身来。

"好吧,"他叹了一声气,"我想小墨,我想他可能在镇上听了些议论。"

"议论什么呐?"

"你别急啰!还不就是,说我有不少钱,有两处破房子,所以我们才……"他把手抚到她的肩膀上,他的胖肚子碰着她的围裙。"我们不是这样,我们自己知道不是这样就够了,这没什么好气的。我想小墨他会慢慢明白,年轻人嘛……"

然而徐大婶希望小墨这会儿就能明白。她是他的妈妈,从小到大他有点什么事都会给妈妈交代,让她放心。

徐大婶走进小墨的房间时,小墨正重重地摁着手机玩游戏。他听见妈妈走进来但他故意头也不抬,这一点徐大婶知道。书桌上的台灯亮着,下午快要过去了。台灯照到相框里从前他们一家三口的合影上。

"小墨,你今天怎么这个样子?"妈妈在另一把靠背椅上坐下来,她说话的声调听来特别担心。

"……"

"你对老柯有意见?有什么话你就跟妈妈说。"

"我没意见。"小墨回答。

"也许,我们去年结婚,应当早点打电话告诉你。但不管怎么说,他现在是你父亲了。"

"他一点也不像爸爸。"小墨没玩游戏了,只是一动不动地盯着手机屏幕或是别的什么地方。

"为什么必须像你爸爸呢?照你看,这世上没有人会像你爸爸。"

"我不喜欢他,至少现在是这样。"

"小墨,他脾气很好,可能你……"

"是哦,他还有钱,可以帮我们还账。"

有一分钟,做母亲的没有说话。接着,她拉下袖子,用手臂掩住脸哭起来。眼泪也滴到她的围裙上。

小墨抿着下唇,听妈妈的哭声。然后,他从桌上抽了两张纸巾递给她,一只手搁到她的肩背上。

"妈,我没有怪你的意思,别哭了好吗?"

妈妈缩一下鼻子,泪水让她脸颊上的皱纹显得更深。

"您别哭了,小墨给您认错还不行吗?"

"小墨,"妈妈抓住小墨的手说,"你爸爸临终时,在病床上跟你怎么说来着？他一定也不希望，不希望你现在这样……"

说着妈妈又哭起来。小墨对妈妈又以这样的方式提到爸爸感到别扭，但这会儿他最切实的心愿是妈妈不要哭了。他知道自己伤了她的心。他拿过纸巾替妈妈擦眼泪。

"妈，是小墨错了，您别哭了，小墨认错了好吗？"

傍晚小墨没有下楼去吃晚饭。电烤炉将房里的空气烘得暖和和的。他关了灯，和衣躺在床上，他感到累。他没法像在医院实习时一样把今天的事情在脑子里过上一遍。但他清楚，自己是个刚二十出头的小伙子，正铆足劲儿等着投入工作、踏上社会，也许不用多久他还会谈一个女朋友。他想，许多事情他正在设法弄明白，许多事情则还要等很长时间才能明白。他想，人就是说不好某一天、在某个地方、碰上什么样的情况……他这样想着，当老柯端着一碗萝卜排骨汤推开他的房门时，他迷迷糊糊睡着了。

"谁呐？"

"是我，我给你盛了碗排骨汤。"

小墨看见一个人影站在房中央，看见他的秃顶反映出一小片光亮。已经是夜晚了。

"我放桌上了，"老柯说，"你趁热喝了吧。呃——外面，落雪了。"

"哦，是吗？"

小墨这才听见雪花扑在窗玻璃上清脆的声响，像什么东西在慢慢碎裂,又像是贪婪的春蚕在啃吃桑叶。接着,他听见雪花扑在院中的水泥坪上,扑在水泥坪那边的井台上,他仿佛还听见雪花正嗖嗖穿过夜空,扑到全镇的屋顶,扑到河面,河中的鱼儿受了惊吓,成群结队朝上游逆水而去……黑暗中,他和那个叫老柯的男人,静静地听着。

聆听那个人

接到熟人通风报信的电话，我母亲立即向印刷厂的后勤主管请假，她要在当天赶到温泉镇去抢救一点她那了不起的家产。她不想带我去，但我一路跟到人多地杂的汽车站，冷风在呲呲地吹，我使劲鼓起一对腮帮子让它们变得红嘟嘟的。"好吧，"母亲竖起右手的食指说，"答应一个条件：别理那个人！""那个人"当然是我的父亲。

班车出了城，拐上沙土飞扬的乡村公路，接着沿河行驶，这时节河水落得很低，河床上尽是石头、枯枝败叶，太阳在河对面，一会儿有一会儿没有。我母亲望着车窗外瘦瘦的一条河水像是着了迷，但她没忘记每隔十分钟就用手往耳朵后边拢一拢她的

鹅与野猪、山鬼

短发，这是她最近一年来养成的习惯。一年前她带我投奔城里的舅舅家，让舅舅求人安排我到一所社区学校继续读三年级。她自己则去印刷厂后勤部门找了份炒菜的活，她很乐意把一大盆又一大盆的食物端到印刷工人面前，他们成天呼吸带铅味的灰尘，那么可怜，因而对厨师的手艺心怀感激。而且，她满有信心自己即将升职为印刷厂的厨师长。

班车抵达小镇已经是下午了。我们娘儿俩在车上捱了几块饼干，我还装模作样打了几个嗝。母亲一双手拢了短发又把脖子上的丝巾转了转，然后才走出车站。

镇子长大了、长结实了，小店铺歪歪扭扭挨得紧紧的，好像有一双手从街道两端把它们往死里挤。从前在遮雨棚下摸字牌、下象棋的老人们不见了，到处都是小货摊。

几辆脏不拉几的三轮摩托车围上来，它们的车门都靠一根橡皮带子别住。我母亲神情严肃地注视着街道，像个不服气的俘虏，又像个坐得起出租车的有钱人，因为一辆红色小汽车开过来赶走了那些短命的摩托。司机摇下车窗问我们去哪儿，接着，司机认出了我母亲，他叫我母亲"嫂子"，他让我们上车。小汽车开上主街，我母亲问这司机车行的生意是不是越来越好，年轻的司机说他刚添了四台车可还是忙不过来。司机给我糖吃，一边把车内放鞭炮一样的音乐声拧小了一点。我接过他的糖果时发现他右耳朵上有个茶杯口那么大的耳环，他右手中指上戴了两个戒指倒不让我奇怪，戒指是坏青年的正常打扮。

汽车飞过镇子,接着穿过一片正在拆迁的平房,有些断墙上还晾着刚洗的衣服。我感到车轮在随着音乐蹦跳,母亲提醒这耳环哥注意路上有很多砖头石块。

"小菜!"耳环哥回答道。车轮果然变稳了。

汽车开过一个填满垃圾的池塘,耳环哥在喉咙里大声咳痰,他冲着捡垃圾的老婆婆摁喇叭,汽车直溜溜开过去,他把喉咙里集合的痰吐到路边一把破沙发椅的坐垫正中间。前面拐弯处站着一条黑水牛,母亲提醒耳环哥别吓着了牛。

"小菜!"耳环哥说这两个字像他吐痰一样干脆爽快。果然,汽车一摆身子绕开了牛,这弯摆得像水牛的牛角一样顺溜。

母亲刚要拢一拢头发,就看见前面那段长长的上坡路,路旁是一条水渠,路很窄,水渠很深。母亲抬着手说出了她对车速的担忧。

"小菜!"耳环哥说着加大了油门上坡。我把脸贴住窗玻璃往下看,没错,车子离水渠边缘很近,但完全平行,好像有人早就划好了界线,不准水渠靠近汽车半点。耳环哥总共说了五个"小菜",我们就到家了。他拒绝收我母亲的钱,也说了一个"小菜"。

这是个什么样的家呀!

电视、洗衣机、电饭煲、茶几、沙发桌子茶壶等等,稍稍像样点的东西都给债主搬走了,满地的纸片电线瓶瓶罐罐,倒让空气显得暖和些。那个人斜躺在一把折椅上,额上盖着条白毛巾,双脚泡在水盆里。我实打实地希望他喝醉了酒,运气不错,我真的闻到了酒味。母亲径直去到从前的卧室收拾衣物,我听见一个个壁柜在呼啦呼啦地开呀关,我走过去靠着门框。

"看见没有?!"母亲指手划脚对我进行生动的现场教育,"床铺和被盖都输掉了!都空了!"

她掠一下短发,从地上拎起一件件衣服,简单迅速地一叠,放进她带来的塑料袋里。塑料袋也跟她一样气鼓鼓的。事实上,还剩了一个梳妆台,她似乎碰巧没看见。

我去厨房转了一下,燃气灶和冰箱都没见了,原来放冰箱的位置躺着几只筷子。有个生锈的铁环丢在洗涤池边。我踢了它一脚,它碰到水管发出的响声吓我一跳,好像谁在笑。我听了听,听见那个人在自言自语:

"我很高兴——我的确——我心里快活——"

那个人发出含混的咕噜,似乎他在做梦,梦中,他让别人吃了大亏而别人却对他无计可施气得要死。然后,他醒了,他看了看窗户上黄糊糊的光,他转过脑袋看我的时候,额上的毛巾溜到了地上,我走过去捡起白毛巾,却不知要不要给他。

"谁送你们来的?"父亲问我。

"自己来的。"

"我刚才听见汽车响啦!"他努起好多天没剃的胡子责备我。

"哦,一辆出租车,红色的。"我猜想那司机一定认识我父亲。

"是不是一个戴耳环的——"

"是的。"

"他要你们钱了吗?"

"没要。"

"谅他也不敢!"

我听见母亲在卧室里发出一声警告的咳嗽,但是,这会儿我想听听我父亲怎么吹牛。我把毛巾搭到椅子扶手上。

"你还记得以前我带你去钓鱼的事吗?"父亲问天花板。

我母亲曾总结过,喜欢钓鱼其实就是喜欢游手好闲不劳而获。我对钓鱼懵懵懂懂,只记得划船时千万别让木浆磕到船帮上,因为鱼儿天生就害怕这声响。

"我们家以前开了个小饭馆你还记得吗?你那时候才几岁——"

我希望父亲还是明智点,别再说"我们家"。开饭馆那阵我才五六岁,我记得临街有一扇大玻璃窗,窗边又有一个玻璃鱼缸,人们从街上望得见鱼儿在游,隔着两层玻璃,鱼儿看上去比实际的要壮三分之一。

"那个鱼缸有一米长吧,分成一大一小两个格子,我分得很清楚,大格子里的鱼是鱼贩子送来的,小格子里的鱼是我钓来的。我从不卖自己钓来的鱼。"

我蹲下来安静地听着,一边噘起嘴,好让母亲看得出"那个人"讲故事时我非常不高兴。不过,她一直待在卧室里,她的财产不时发出哗哗啦啦乒乒乓乓的乐声。

鹅与野猪、山鬼

说起来，耳环哥除了经营车行，还干着给别人提供保护的生意。他十八九岁的时候，就在老街区很吃得开了，大小店铺都交钱给他，因为人们不愿意某天早上起来看见自家的店面被油漆刷上了一道白线，再说，你给耳环哥交过钱，工商所那边倒是可以给你减免一部分税款，没人能说清这是为什么。

那阵子，趁着我父亲没把家底输光，我母亲决定开一家小饭馆，饭馆的每一笔钱她都掐得很紧，我父亲的牌友钓友不三不四的朋友来吃饭她一律不优惠不赊账，我父亲买一包烟都要跟她讲半天好话。除了不准我母亲碰鱼缸小格子里的鱼，我父亲也没什么对策。老街区的人都说，他钓的鱼，他看得像一门亲戚似的。后来，我母亲每天给我父亲发一包三块钱的烟算作工资，这倒不是她想打那些鱼的主意，而是我父亲给饭馆干了一次活。

那是饭馆开张没多久的事，早晨，我母亲看见玻璃窗上有一道皮带粗、一托来长的白线，她还以为是前一天放学的小孩子用粉笔弄的，她找来湿抹布去擦这才发现是油漆。她去隔壁的蔬菜种子店问问，种子店老板反问她是否有人来饭馆收过卫生费。我母亲记起来，上十天前是有个疤子来收卫生费，我母亲说已经交给工商所了。疤子说那不一样，工商所的卫生管理费一年两百块，他这儿得两千块，他让我母亲准备一下。我母亲怀疑是我父亲在外面欠了人家赌债，没理这事。前两天，疤子又来了，我母亲说没钱，说饭馆买菜的钱都是借的。我母亲打算找个空时间跟我父亲闹。等到饭馆的大玻璃窗给白线分成上下两截她才明白是怎么了。我父亲过来用一个手指揩揩白线说没事,说他这几天就在店里等着。

第二天下午,耳环哥带着疤子和另外两个穿牛仔裤的小青年来了。耳环哥独自走进店里,疤子他们三个则留在街边晒太阳,他们都穿着背心,他们胳膊上的刺青看上去像衣服袖子。耳环哥挑一张阴凉的餐桌坐下来,他的脸很白,大耳环是白金的很扎眼。我父亲站在吧台后面,他瞧着耳环哥说欢迎,说那三位朋友怎么不进来坐。

"看见白线了吗?"耳环哥说着摸出个电子打火机玩起来。

"早看见了。"我父亲端起手边的杯子喝茶。

"知道上次给画了白线的是哪家吗?"

"知道。农贸市场做酱板鸭的,他家的厨房起火了。"

"再上次那家呢?"

"照相馆呗,听说摄影师新买的照相机被人丢在水池里。"

"知道就好。"

耳环哥"啪"的一声打出了火焰,打火机随即唱出了一段很慢的钢琴曲子。我父亲喝茶,等火焰和音乐都给盖灭了才说话。

"我这小饭馆,就几张桌子,"我父亲比画了一下屋内,"你要摔的话我现在没意见。"

"我怎么能摔桌子呢?我还要吃饭呢!都什么时候了,我还没吃午饭——"

"吃饭,那欢迎啊。"我父亲拿起菜单,手臂越过吧台递给顾客。

"不用了，我就要一条鱼。"打火机在耳环哥的拇指和食指间灵活地翻转，像个小小的体操运动员。

"可以。红烧还是——"

"听好了！"耳环哥盯着我父亲，"我要的是这边的鱼，小鱼缸里的。"他的下巴朝我父亲的鱼扬了一下。

"哦！那可不行！"

"很贵？我付不起账？是吗？"

"那倒不是。"我父亲一只手托着下巴，胳膊肘支在菜单上。

"那你就是成心不想给我饭吃啰！"

"不。我只是不卖我钓来的鱼，我钓的鱼，我们自己吃，吃不完宁可放掉。"

"有意思！"打火机又腾起了火焰响起了音乐。

"……"

"我要是吃了你的鱼会怎样呢？"耳环哥说得跟钢琴曲一样慢。

"不会怎样。因为我根本就不会卖。"

"如果呢？我是说'如果'。"

"没有'如果'，因为我不是鱼贩子。我喜欢钓鱼，但我讨厌鱼贩子。一码归一码，开餐馆是开餐馆，钓鱼是钓鱼。"

"要是这两样只能选一样呢？"

"那当然是钓鱼，钓鱼我喜欢，开餐馆多累呀，又累又把自己弄得油乎乎的。"

"呵呵——"耳环哥看着火焰笑，接着用拇指拨下了打火机盖子。"看来,你是个挺讲理的人。哈哈——"

街边,疤子他们三个也听见了耳环哥的笑声,他们警觉地放下叉在腰间的手,但他们没迈开步子,因为耳环哥正朝店门外走。

耳环哥走到门口又记起了什么,他摁响打火机的音乐回转头说话,我父亲竖起耳朵听,原来,耳环哥不想让任何人知道他没吃到我父亲钓的鱼。

"你猜我说什么?"我父亲这会儿对着天花板别一别嘴角,笑了。

"说什么呀?"我看一眼天花板又低头瞧他的脸。

"……"

"小菜!"

说完我呵呵呵大笑,又哈哈哈大笑,我笑得那么夸张,好像是要给卧室里的母亲提个醒,让她做好心理准备。一会儿她拎着个大塑料袋还挎着个布袋走出来,我告诉她我不走了。她没说什么,只是用空着的左手拢了拢短发。她应当心里有数,我早就受不了她一本正经的样子。

另一盘棋

　　曹恒维是镇中学的语文老师,他读起古文来,声调和缓而有一股子温润的韵味,毕业多年的学生总记得曹老师的语文课。曹恒维对传统文化的确非常喜爱,他拉二胡、练苏东坡的书法、画山水花鸟吟诗作词,他还尽力跟一位写文化散文的学者保持通信。好些次,他饶有兴致地把学者的回信读给儿子曹安听,曹安才上六年级,得过几次作文竞赛奖了。

　　镇中学的体育老师叫王武平,个头不高但很结实,他早上在食堂要吃六个大馒头,吃得胸膛笔挺。不过,王武平他儿子的身体可是个问题,不但长得歪扭,还有些弱智,近几年一直在读小学二年级。人们觉得王武平命不好,甚至会说是他吃那么多才吃出个傻儿子来了。王武平一点也不在意，见人就用那副粗重而热情的嗓音打招呼。

曹恒维跟王武平本来没什么交往，可王武平喜欢下象棋，象棋是传统文化里极为突出的一部分，不是吗？曹恒维跟王武平下象棋，曹安这孩子常常观战。一边是父亲，另一边的王老师则在空余时间教给他许多打球钓鱼的知识，因此，曹安一般不加入父亲和王老师的争执。他只是留意到父亲争执的时候脸会变长、下巴颏变尖，而王老师则是黝黑的脸面上透出两块红。

今天，棋局倒杀得挺顺，曹恒维连胜三盘。他拧开保温杯微笑着啜口茶，小胡子也给茶水濡湿了。王武平呢，一个劲地盯着棋盘，那架势，好像要在上面选一个方格种点什么东西。第四盘，曹恒维又巧妙地架起车炮将军，王老师垫进去两个马和一个车才缓过一口气，然后，出其不意反将一军。曹恒维觉得刚才这着棋自己没看仔细，他拿起棋子要重走上一步。

"不行！"王武平老师用两个指头按住棋子，"你这样悔棋可就一点意思也没有啦！"

"这叫什么悔棋！你上盘不也——"

"我悔棋？你才喜欢悔棋呢！上盘是你，先把那个卒子拿回去。不信你问安安。"

曹安一只手支着脑袋，他没看父亲，他觉得父亲一急起来就会记错事情，于是他说："王老师没悔棋。"

"听见了吧！"王老师右手松开棋子，接着拍一下膝盖。

第四盘当然是王老师赢,但惯常的第五盘却没有进行。王老师走后,曹安帮着父亲收拾棋盘,把桌子椅子从走廊上搬进屋。曹安瞥一下父亲的脸,父亲的额头皱着,皱得眼镜都快要溜下来了。不过,曹安知道父亲隔天准又会邀王老师下棋,曹安这样想着,从自己的房间拿出乒乓球拍到家属楼后边的院子里去了。

客厅里,曹恒维坐在一把木椅上,他没看电视,也没看电视机旁放着的《文化剪报》,他给自己倒一杯凉茶,才喝一口又把茶杯放下了,他用身体蹭了蹭木椅,然后站起来,将椅子横倒,认真查看椅脚上的木榫和接口。电视机旁边有个立柜,曹恒维把立柜的抽屉一层一层拉开,那把小钉锤在最下面一层。他妻子照例正在打扫星期天的屋子,她端着瓷盆去卫生间换水,转身看见丈夫在对着木椅子左瞧右瞧,接着是左敲右敲。

"椅子不是好好的吗?"她问了一声,丈夫没搭她,于是她进到挂满字画的卧室,用鸡毛掸子给那些字画拂一拂灰尘;她弯腰搓洗抹布,擦柜子、擦地板,然后,她听见丈夫没在制造敲打的声响了,这才来到他旁边,慢条斯理地拾掇茶几,一边问安安去哪了。

"不晓得。准是跟王武平玩去了吧。"曹恒维放下茶杯叹一口气。

"哦——"妻子把玻璃杯一个一个扣到茶盘上。

"嗯,我们家曹安,倒像是王武平的儿子了。"

"唔。你最好别这么讲。你又不是不知道,王武平老师是喜欢聪明活泼的伢子,他自己的儿子有毛病。"

"我是说,我们家安安,也一门心思向着别人呐。"

做妻子的瞅一眼丈夫,他的肩膀斜靠着椅背,好像有些累。

"你也真是!"她不由得有点嗔怪了,"安安能懂什么?他是看王老师教他打球、练太极拳,王老师会带孩子们玩,又和和气气没点脾气的样子。"

"是啰,王老师脾气好,身体好!"

但是,话一出口他就抿紧嘴唇再也不吱声了,因为他看见妻子拿抹布的手在空中顿了一下。

"你这么说可有点过分了。嗯,我看你今天,是不是哪根神经搭错啰!"妻子说完端着水盆走开了。

曹恒维沉默了一会,瞅一眼墙上的挂钟,还不到十一点。他起身往门外走。他下楼后把夹克衣的拉链直拉到喉结那儿,让衣领紧贴住脖颈,他低头看一下自己的软底布鞋,这才跨开了步子。他出了学校,朝他平常散步的溪沟走去。

家里,他妻子放下抹布和拖把,她进到厨房,推开装了排气扇的窗户,她看见儿子正跟一帮伙伴玩乒乓球,乒乓球一起一落的声音很清脆,孩子们的笑声清脆又热闹。她犹豫了一两分钟,还是喊了安安,安安来到窗户下面,看见妈妈朝溪沟那边比了比手势,于是,他把球拍交给伙伴。

曹恒维给儿子赶上的时候,他正在看石桥下面的青草和小鱼。他听着儿子的呼气声,伸手摸着儿子圆乎乎的后脑勺。

"爸。"

"嗯。你妈妈叫你来的吧?"

"才不是呢!"曹安瞧着父亲的脸,父亲的眉额舒展得很自在。"爸,你继续给我讲讲春秋列国的故事好吗?"

"春秋列国的故事?呵呵。嗯——我们今天走远一点,去河滩的芦苇丛那儿看看水鸟吧。"

"好。"曹安觉得再好不过了,他拉住父亲的手搁到自己肩上,他喜欢父亲勾着他的肩膀走路,而且,他知道天气转暖了,从湖区飞来一群群水鸟,最多的是秋沙鸭,雌鸭脑壳后面拖着一丛稀松的羽冠,总在忙忙碌碌地捕鱼;大白鹭呢,则静守在水流急促的卵石滩上,条条波浪好掩护它的影子不让鱼儿察觉,而一旦啄住了鱼儿,它就会得意地伸展翅翼掠起一串水花;对了,曹安还发现好些不爱露面的苇莺,它们嫩红的脚爪会在芦苇秆上向前跳动小步子,直让芦苇梢弯到河面,然后,它们低头喝水、抬头鸣唱……

山鬼

七岁入学

他们经过一块大石壁，石壁上晒着别人家的蔬菜。他们穿过红薯地进入树林，听见鸟雀在啄楝树的果实，小路边落着金黄的松针。柏友尽量避开草叶，免得露水沾湿了白球鞋。他不让父亲帮他背书包，也不让牵着走。做父亲的提一只盖着荷叶的小竹篮，他是个面色酱黑、大手大脚的农民，小竹篮晃动在他身体一侧显得很轻巧。他一径吧着纸烟。这时传来公路上汽车的声响。柏友回过头来问："爸，要是上课的时候，我要去撒尿，老师肯吗？""嗯，你最好别这样。"于是，柏友就靠在路边的樟树后面哗啦啦撒了尿。

父子俩从公路爬上那段斜坡时，学校的孩子们正在做课间游戏。同村的孩子看见柏友背着书包来了,好奇地跟在柏友和父亲后边,接着,另一些不认识的孩子也跟上来。长长的走廊。校长办公室在顶头。

校长是个穿裙子的中年妇女,她的上嘴唇长了一粒痣。柏友听大点的伙伴说过她上课的声音很小、骂人的声音很大。这当儿她正用一支红笔划作业本。她抬起头来。

"做什么做什么呢?门都快被你们挤落了!"

"老师,他要读书。"有个胖孩子抢嘴说。

女校长这才看见柏友的父亲。

"丁校长,我们家柏友,呵呵,他闹了半个月硬要来读一年级,这不……"

"哦。满七岁了吗?"

"是这样的,丁校长,只差三个月就……"

"不行!没满七岁不行!"好像为了配合自己的声调,女校长把几叠作业本啪啪啪码到一起,并将它们在桌上用力垛齐。柏友给父亲牵着来到她的桌子旁边。

"校长,您多费费心,我们做家长的,这是……"

父亲一双手将盖着荷叶的篮子放到校长的办公桌上。荷叶边缘,有些鸡蛋探出头来。

"你别这样,我也不喜欢吃鸡蛋。"女校长双手往后捋一下短头发,"再说,他没满七岁,跟不上班,我们教起来也累。"

"跟得上,跟得上的,"父亲连忙点头,"是他自己一心闹着要读书的。柏友,背诗给老师听。"

父亲拍拍柏友的后脑勺,像拍一条小牛的屁股让它快跑。

"白日依山尽——黄河入海流——欲穷千里目——更上一层楼——"

"还有呢?"父亲催促他。

柏友感到两行鼻涕爬出鼻子,爬到自己的嘴唇上,他缩了一下。

"床前明月光——呼——疑是地上霜——呼——"

看见柏友背诵诗歌时认真的脸面上两行鼻涕溜进溜出,那个旁观的胖孩子先哈哈笑了,在他的带领下,门口一帮高高低低的孩子都放肆笑起来,笑声各式各样。

"别背了,没作用。"女校长对着柏友挥挥手背,像赶一只苍蝇,"我就要去上课。"说着,她提一提裙子站起身来。

柏友正想停下来擦擦鼻涕,但父亲还是拍他的后脑勺。父亲的手和他的笑脸一样,很粗糙。

"春眠不觉晓——呼呼——处处闻啼鸟——呼呼——"

孩子们的哈哈笑声更响亮更有节奏了。女校长绕过父子俩走到门口。"走!都给我走,上课了!"孩子们一哄而散。女校长的皮鞋声也紧随着一下一下在走廊上去远、变轻,终于消失。

父亲没微笑了,他搓一搓自己的手。"我们回去吧。"父亲说。柏友看着桌上绿色的荷叶与竹篮,他还以为父亲会将它们带走呐,但他没有。

鹅与野猪、山鬼

一路上柏友都不搭理父亲,他慢吞吞落在后边。他知道自己读不成一年级了。他看着脚上那双浆洗得干净硬朗的白球鞋,心想一回家母亲就会要他脱下来,不过这会儿他对自己说我才不在乎呢。父亲回转头等他,他装作没看见。经过那片红薯地,父亲弯下腰将那些伸到路上的茴藤理开。"都拦住路了,这些人家,种的什么茴藤哪!"做父亲的自言自语了好几句。

柏友的母亲对父子俩的归来显得失望。她正提一桶水朝厨房走。柏友噘着嘴,一溜风从她前面跑进屋去。

在自己的房间里,柏友把书包拉开倒提在手里,抖一抖,文具盒、蜡笔、几本彩色的旧书和练习簿都散到床上,他把它们一股脑儿塞进靠窗的木箱子里,新书包也塞进去。接着,他坐到床沿,左脚右脚相互踢掉白球鞋。他伏在床上,他还在生气,同时听见厨房里母亲在询问父亲。

"你没跟校长多讲几句好话?仔细扯起来,她还算我娘家的亲戚呐。你就应当多赔赔笑脸,你总是金口难开啰!又不是人家求你……"

"你怎么知道我没讲?"父亲的声调里有一股旱烟味。

"鸡蛋她也收下了,那她如何说?"

"她如何说?她又不能把上头的规定改了。她倒是答应看看,看看有没有空缺的学生名额……"

柏友还差三个月就进七岁,老实说,一个六岁的孩子记得的事情可不那么多,但是,父亲刚才的这句回答却像个什么笨重的东西撞了他一下。整整一天他都有点迟钝，闷闷不乐。晚上，父亲照例进来瞧他盖好被子没有，父亲以为他还在生气呐，他用手胳肢一下柏友的肋骨，于是柏友笑了。等父亲放心地走开，他却怎么也睡不着。山风从高坡上吹来猫头鹰的叫声，柏友还在想：喜欢默默干活默默抽烟的父亲，今天当着母亲的面，倒挺会说话、说得挺体面呢，为什么？

　　第二天，第三天……柏友一直在这个问题中打转。当父亲扶着牛犁耕田，母亲用砍刀削去田埂边的蒿草，他不再像往常那样去田沟里挖鳝鱼，而是瞧着他们。柏友记起母亲曾告诉过别人，她之所以嫁给父亲是因为他总在农忙时节主动帮外公外婆家干活，他说话又是一副踏实、"很叫人落靠"的样子。那么，如果不是这样，她就不会嫁给父亲了，那么，也就不会有柏友了。而如果没有柏友，父亲的儿子会是另外一个小孩，或许他也叫这个名字。接着，柏友想象自己是另外一个柏友，他站在稻田边，他看到周围的草木、山峦，跟自己现在看到的是那样大不相同。他记得有一回戴过外婆的老花眼镜，差不多就是这种感觉……

　　等了一年，柏友也和同村的孩子蹦蹦跳跳走在去小学的路上，在学校圆形的操场上与每一个同学追逐、喊叫，他甚至还喜欢上了听那个女校长给他们朗读课文讲故事，但他总会在某个瞬间晃一下神，记起他六岁时那件莫名其妙的事。的确有些莫名其妙。你知道，要弄清这件事可还真要点阅历。一直到许多年后，柏友从一个拥挤嘈杂的城市归来，看见做父亲的仍然弓着背在菜

鹅与野猪、山鬼

园里锄地,他才真正理解个中缘由。那时,他也还记得一个闷闷不乐的小孩,常常瞧着父亲的背影暗暗地说:他撒了谎,从今往后,我可不再什么事情都相信他。

山鬼

那条灰泥路一直伸展到山林深处,冬天,风将它吹得又干又白,山鬼就利索地来到村子,带走一两位老人。

柏友早就觉得这说法有点不"踏靠"。这回,锡老头死了,大人们一开始还真没这么说。锡老头是个干杂活的好手,砌屋挖窑、酿酒采药、打鱼捉兔,样样事情他都有一套,又肯帮人,一说话脸额上的皱纹都眯眯笑,有一阵柏友还以为人老了都这样子呐。锡老头还用杉木给柏友削过一个陀螺,陀螺削得很圆,又在底部嵌一粒小滚珠,旋起来风声满地。

锡老头有个和他一样好脾气的女儿吉玉,她的鼻子像玉壶嘴一样小巧,腰身绵软胸脯又立挺得那么有味道;温泉镇不断有小

鹅与野猪、山鬼

伙子来村里闲逛、探听消息,人多得真可以排成一道防洪堤,但吉玉姑娘喜欢的是黑潭。黑潭是村里唯一念过高中的年轻人,他把村子西边的荒坡开出来种上果树、在果园里养鸡。"有闯劲又有内涵的小伙子!"村里人人都这么说,而且人人都觉得黑潭跟本分又好看的吉玉姑娘肯定会结成甜甜的一对。有一次,柏友去草坡上放纸飞机,瞥见黑潭正张着嘴搂着吉玉姑娘让她喂桔子吃,柏友加紧步子走过果园,一边在心里说等自己长大了也要搂个姑娘来这么一招。

不过,世事总不如人们想的那么美妙。几天前,谁也不明白锡老头干吗要在夜里去水塘打鱼,水塘可是别人承包的呀!大清早,人们发现偷鱼的锡老头漂在塘湾里,时令已近深冬,水很寒,锡老头的身体给冻得铁硬铁硬。

中午,办丧事的灵堂搭好后,和尚们先去水边做了半天道场,再回到灵堂唱夜歌,唱一句,木鱼一下,唱几句,磬一声,唱一段,唢呐一阵,锣鼓铙钹轰鸣。大门外,一盏汽灯驱赶着夜色,屋内,人们围着两个大火盆听夜歌,耳朵倦了,一个司事的妇女就用瓜瓢端来花生、兰花豆,老人和小孩毕毕剥剥吃起来。柏友注意到大家都比平常显得客气,私下里又叽咕点什么,妇女们挨个去宽慰吉玉姑娘,但吉玉姑娘只顾在灵堂后边扶住棺材哭,她嗓子早就哑了,咿咿呜呜像只猫。等那个司事的妇女将她强搂到火盆边来,她嘴唇发紫脸颊浮肿,鼻子更秀气,但很难看。

山鬼

六个和尚也停了吹打哼唱,他们要歇歇气、抽烟、抿酒。柏友这才察觉原来大伙儿这么安静,他都不敢吃东西了,他把手里的两个花生壳扔进火盆,起了两丝青烟。有个大脑袋的孩子也学柏友的样把一捧花生壳扔进火盆,起了几柱黑烟,灵堂里本就弥漫着纸钱香火的烟味,这下子便激起一片咳嗽。最后一声咳嗽是吉玉姑娘发出的,拖腔拖调、带着啜泣,然后,她用白孝服衣袖擦擦桃子眼,她的声调恢复了一点劲道,像下小雨。

"半个月前,我就——"吉玉姑娘又意味深长地抽噎一下,然后才平顺地说下去,"我正在厨房做中饭,我爹翻地回来,锄头靠墙一搁,他就拿起菜刀说今天杀鸡吃。我说:'爹,饭菜都做好了杀什么鸡?'我爹不做声;我说:'爹,今天没来客又不逢时过节的杀鸡干什么?'我爹还是不做声;我又说:'爹,是不是别人家的鸡发瘟了?爹,现在天气冷瘟病不会传过来。'我爹就是不答我,他端把椅子坐到厨房门口,也没听他唤鸡,那只四斤多重的大公鸡就直直地朝他走过来,真是怪!我连忙说:'爹,这大公鸡是留着过年吃的要不我们家过年就没得吃了!'我爹根本就没听我说话,好像我在说梦话,好像我不是他女儿了。我爹把刀横在膝盖前,也真是奇!那只大公鸡昂着脖子走来,一到我爹面前就一栽脖子伏在刀口上不动了,好像它很累了,好像它巴不得我爹杀它,我爹给它放血它也乖得出奇,脚蹬两下就不动弹了。我慌得不行,心想这公鸡平常爱争强斗胜今天怎么这般老实,心想我爹平常总舍不得吃用怎么一下子变了个人。我爹也不让我帮忙,他自己把鸡拊了毛、剁成块、放锅里加点白酒炒好,直到伸筷子夹第一块鸡肉吃了,我爹才跟我说话,他说:'我就怕到过年吃不上它了,能吃就吃。'我还是脑袋发闷,我真有点傻,怎么就没听出来他这是……"

孩子们和大人都不吃花生不吃兰花豆了。柏友感到胸口有团东西在缩紧,像要打嗝,但绝对不会打嗝。

"吉玉啊,你别伤心了,"一个掉光了牙齿的老婆婆说,"你爹吃了鸡肉再走的,还是有福气。"

"是啊,他享福去了。"一个叼烟斗的老头感叹道。

吉玉姑娘也跟着叹一口气,她接着说:

"十天前的夜里,我睡得正沉,就听到屋后边的牛栏里牛在喘粗气、蹄子跺得咚咚响,我心想不是有人偷牛吧。我起床去,把牛栏里的灯拉亮,只见我家那水牛好像要斗人,先把脑袋压低,然后发猛劲把牛角往上一挑。我家的水牛是全村出了名的和气呀!我就说:'牛,你瞎眼了!我是你主子呐!'但它又不是要斗我,它调转头,又把牛角往上一挑,它不住地调头、挑牛角,把我吓坏了。我把我爹叫来,牛一看见我爹就不挑牛角了,它就四肢一软跪到我爹面前,它一跪下来就稀里哗啦哭,哭得地上的泥坑里都接满了眼泪。我爹也给吓着了,端来热水给它刷刷身子,牛还是哭啊哭,一直哭到天亮。天亮了我爹去请兽医,兽医给了药,还让我们在牛喝的水里加点盐,都不管用。一连三个晚上,牛总在牛栏里转圈、使劲挑牛角像在斗什么东西,我爹一来它就跪下哭，我爹不愿意理它了，我爹说过几天就安生了。过几天就安生，我真傻，怎么就没留心我爹这句话呢？"

柏友不由得抱住了母亲的手臂，孩子们都把身子往自家的大人贴近，还好，炭火正红光闪烁。

"牛到底——在斗什么？"那个大脑袋的孩子问道。他姐姐立刻捂住他这张笨嘴。

"牛看得见。牛比人聪明。"叭烟斗的老头说着在椅子腿上磕一下烟斗。

"唉，下回，只怕就轮到我这老骨头了。"掉光了牙齿的老婆婆咕噜着，她的嘴瘪得更厉害，像在哭。

吉玉姑娘倒没哭了，她头上缠的白孝巾也让她的脸显得平静，她接着说：

"我真是太傻了，三天前，我从菜园剥白菜叶子回来，远远看见我爹坐在这堂屋里喝茶，我心想：爹不是去镇上卖南瓜去了吗？怎么又穿身白衣服坐这里喝茶？再说天气这么冷也该坐到厨房烤火啊？我觉得不对头，就提着菜篮直接朝这堂屋门口走，"吉玉姑娘指了指前边厚实的大门，"我刚走近门口，就见我爹晃一下溜进厢房里去了，厢房门啪地一下关上，一股冷风向我扑过来，我喊爹，又没人答应，我推开门，爹根本不在房里。我当时就起了疑，心想得去土地庙问一问。下午我爹卖完南瓜回来，挑着担空箩筐挺高兴的，他穿的是黑棉袄，他一径笑啊笑，说今天的南瓜卖得真好，我看他这么高兴也就没跟他说我在家里看见了什么。第二天,也就是前天,我又忘了去土地庙敬神,这么大的事我都忘了,我真是……我真不是个好女儿,爹呀……"

吉玉姑娘双手掩住脸,她站起身来,又哭到她爹的棺材那儿去了。和尚们吹响唢呐、敲响锣鼓,满屋子热闹的乐声。那个司事的妇女示意柏友的母亲去棺材边陪一下吉玉姑娘。

柏友可不敢跟着母亲去棺材那儿,他害怕,他感到其他的孩子也一点都不比他胆大,他把屁股下的小凳子往火盆挪近一点,其他孩子也学他的样向火盆靠拢、再靠拢。有人往火盆里添了好些木炭,火势先浅下去、又涨起来,孩子们把双手凑近,烤手掌、烤手背。有些妇女又开始剥花生剥兰花豆,堂屋旁边的厢房里,男人们在讨论着第二天的丧礼酒席和人事安排。大门口,那盏汽灯给夜风吹得摇晃几下。孩子们不敢抬头,不想吃东西,也不说话,他们偎着大人,像发愣的小动物固执地盯着炭火。木鱼敲击的声响枯燥乏味,和尚们哼唱的夜歌催人入睡。

柏友记不起这晚上怎样由母亲背回了家,但他记得自己才刚睡着,有个穿白衣的人就溜进他的梦里,白衣人溜得那么轻巧,像踩着辆滑板车。接连几个晚上,白衣人越溜越起劲,他在柏友上学的路上溜着,他在学校操场边缘溜着,他在村子后边的晒谷坪上溜着,他在村子中间的石板路上溜着,他一会儿溜进树林,一会儿又溜出树林溜下草坡,他碰到水沟和大石头的时候就顺势一弯身子,白衣飘飘,唰地飞跃而过……有一晚,柏友没梦着白衣人,倒是梦见吉玉姑娘挽着黑潭大哥的手到镇上去,他们走得很慢像在等什么人，柏友几步追上去，吉玉姑娘猛地回头，柏友面对的是一张绿森森龇牙咧嘴的脸……

柏友醒来直大口喘气，还好，他听到母亲在厨房里煎糍粑的吱吱声响。这是冬天的早晨，房间里空气清冷。柏友决心去把事情挑个明白。他套上毛线衣毛线裤，他走进厨房，他冲着灶台边的母亲说：

"锡老头是偷鱼浸死的。"

母亲吓了一跳，她侧过身瞧着柏友。

"一大早讲什么胡话！"母亲皱着眉。

"哼！我就知道，他是偷鱼浸死的，不是被山鬼带走的。"

"你听谁胡说呐？小孩子说胡话会掉牙齿的！锡老头人好，你那个陀螺不就是他给你削的吗？"

"这跟陀螺没关系，我们老师说过，这世上根本就没有鬼。"

"好吧，你觉得没有就没有。"母亲的声调和缓下来，她一边翻动锅里的糍粑一边说，"你以后别这么说锡老头，锡老头可是我们村第一厚道的，他帮过大家很多忙，他没跟谁红过脸，也不喜欢计较，好人呐。好人一时做了什么糊涂事，肯定是给鬼迷住了心窍——"

"……"

"鬼迷心窍的事啊，谁都说不清楚。所以呢，你要注意一点，以后千万别那么讲了，知道吗？嗯——你现在去刷牙洗脸。"

柏友慢吞吞地刷牙洗脸，从热水瓶里倒热水时，他大声吩咐母亲:"在糍粑里多放点糖。"

又过了几天,柏友跟随母亲去山上收干柴,收干柴是个闷沉沉的活,柏友对它可提不起什么劲头,但捡松果就不一样了。

母亲将干柴集到一起、扎成捆,柏友则挎着背篮在树林里走动,树下有松果,也有爆裂的松树皮,柏友弯腰捡了很多,不觉来到山坡另一侧,他用手臂掂一掂背篮的分量,感到心满意足。他在一块麻石上坐下来歇会儿,身子靠着背篮。他抬起头,目光越过山洼,这才发现对面山上竖着好些坟碑,锡老头的新坟就在那儿,一棵楝树旁边。

满山静寂,柏友听不到母亲捆柴禾的声响了,但他没有起身离开的意思,这会儿他一点也不心慌,他静静地望着、听着,微风掠过林梢,有个饱满的松果扑的一声从树枝掉进草丛。

在流水歌唱的地方

刘国治是个腋窝下总夹着个皮包的农民,他的外衣任何时候都敞开着,一走路风很容易就掀起衣角。"他看起来比谁都忙。"村里人说。

刘国治的稻田跟他家的院子一样给狗尾巴草占领了,秋天,柏友和几个伙伴曾去看刘国治在自己的田里放竹笼子捕黄鼠狼。柏友记得刘国治还抓过猫头鹰,把它的肚子掏空了卖给镇中学的生物老师。"小孩子都要被他带邪门了。"村里人有点担忧。

刘国治常常外出一阵,回来后总有新鲜的消息和想法,他打算搞些城里人来参观山上的梯田啦,他想联合几户人家养蚯蚓卖给城里的星级饭店啦,乡亲们听了也就是雨天喝茶时聊上几句。

"他连半瓶子油都没有,晃得可真厉害。"村里人喝完茶感叹一声。

刘国治知道大伙儿背后说他什么,他倒一点不见气,碰到人就咧着个缺嘴唇打招呼,他还给人分烟,人们接过他的烟都有点不好意思了,客气地称他"大能人"。有一次,刘国治外出半年多,回来时捎了几袋旅游鞋很便宜卖给乡亲们,一开始大伙儿不知道这鞋还真是几百块钱一双的名牌货呢,都穿着在田埂上走来走去,直到镇上有个鞋贩子来高价收购。

"他长胖了。他在外面有门路、吃得开。"大家都这么说。

有几户人家就在那时接受了刘国治带回的长寿瓜种子,没多久地里就长出藤蔓,人们还以为是小菜瓜或者别的不怎么正经的水果,等到药材公司开着卡车来收购,等到那几户人家赚了钱去镇上的电器店买这买那,人们才认真打量它。第二年开春,每家每户都留了差不多两亩田等着种长寿瓜,刘国治弄来了改良过的种子,还弄来了一个带着温度计湿度计的技术员,他们走在成片的绿色藤蔓里,时不时停下脚步让一个长头发的男记者拍照片。刘国治的夹克敞得很开,跟他笑开的缺嘴唇一样。村子和刘国治上了城里的晚报,报纸称刘国治为"发展的领路人",人们传看着报纸上的照片,觉得那记者真古怪,把"我们村"拍得那么小。三四个月后,"我们村"的大照片上了报纸,照片的前景却是一堆堆腐烂的长寿瓜。药材公司说行情大变脸了,一卡车长寿瓜只抵得上卡车从城里来一趟的汽油钱。大伙儿赶紧清除藤蔓犁田补种晚稻,他们在田埂上歇息的时候,一块儿叽咕着刘国治和药材公司的关系，有人提议让刘国治赔点长寿瓜的种子钱，有人说种子钱还好，农药化肥钱要多出一截呢。

刘国治的家底只有三间瓦房，他一个上午就揭掉了屋顶，并用一把磨亮的砍刀将木门木柜窗框门框啊劈了个稀巴烂，然后和拆下的旧椽条堆成一垛点火烧。天下起了蒙蒙细雨，柴火冒出老厚的烟，怪呛人的。柏友和几个伙伴想过去捡几枚大铆钉，立刻被大人们拉住了。"有谁这么糟践东西的呀！"围观的妇女们说。

现在，刘国治还是住在这三间瓦房里，瓦是村里送给他的，椽条木门木窗是大伙儿帮他砍树新做的。大伙儿义务帮刘国治整修房子的时候，刘国治倒像个监工的坐在一边瞧着，因为他的右腿跛了，站不直。人问他这两年到哪儿"发展"去了，他就用牙齿抿住嘴上的缺口略略一笑。他又瘦又黑，脑袋秃了，一起点风就怕冷，衣服扣子每一粒都系得死死的。端午节，他自不量力搬一把梯子给门楣上插艾蒿，梯子只轻轻一摇就将他结结实实压倒在地，他挣扎了半天，直到一个老头经过才把他解救出来，他嘱咐老头别告诉任何人，可在山村里，老人们好不容易才有点新奇事让别人倾听。老头把压在梯子下手忙脚乱的刘国治说成撞了蜘蛛网的四脚虫子，刘国治听到只好拍拍跛腿向大伙儿表示歉意。

刘国治拖着跛腿从村子中间经过的时候，石板路上准有一条划痕，有些小孩子嚷嚷着"狐狸尾巴"，大人们连忙喝止，刘国治倒没什么，他喜欢看孩子们放学后蹦蹦跳跳地玩，说起来，他还是村子里少有的愿意跟孩子们聊上几句的大人。

鹅与野猪、山鬼

七月的一个下午,柏友陪六六去水渠边看水。照村里的安排,三点到五点是六六家的稻田得到灌溉的时间。六六戴着他爸爸的电子表,每隔一分钟就抬起手腕看看,他的厚脚板啪嗒啪嗒踩得很得意。柏友提醒他别惊惹了草丛里的蛇,六六则招呼柏友快点走。接着他们就听见水流在沟渠分叉的地方撞出哗哗的声响。

他们走到那棵梧桐树下,看明白了这会儿水是流到刘国治家的田里去了。刘国治靠着树干打瞌睡,他的脸色跟梧桐树干没什么区别,这让他穿的长袖花格布衫看着像是晾在一个衣架上。六六看看手表,还不到他把水拦往另一个方向的时间,"还有二十一分钟,"他对刘国治说。他是那种碰上点事就一副大人腔调的孩子,而且他眼睛大、目光扎人。刘国治打了个呵欠,一双手搬起盘着的坏腿往外挪一挪。

天是阴的,但柏友和六六还是走到梧桐树的枝条下歇息,地上有别人用柴草做好的坐垫。柏友坐下来,将手中的书分一本给六六。远处,一团灰云看起来像是给头上方翘起的树枝挑着了,云团下是村子里几户人家的烟囱和屋顶。

六六把手中的图画书打开,用手指沾点唾沫然后翻找着什么。

"你看,这张,"六六斜着身子把一张图片指给柏友看,"姜子牙只要一施法,哪吒就来了。"

柏友没说什么,他在平放的双腿膝盖上摊开《三国演义》,他往前探着长脖颈看目录。

"姜子牙比诸葛亮厉害,我说过的。"六六补充了一句。

"嗬，小小年纪看三国啦！"刘国治坐直身子，将几束稀疏的长发从脑际理到秃顶上去，但他一打呵欠它们又滑了下来。他转向六六说："你呢？《封神演义》？"

"嗯。"

"不错啊，小伙子们。"

"你说姜子牙厉害还是诸葛亮厉害？"六六问道。

"啊，这个，怎么比呢？"

柏友觉得这会儿不接话不像个懂礼貌的孩子，他抬头附和道："我就说根本不能比，他老是认为姜子牙厉害。"

"嘿，姜子牙可以把天上的哪吒和二郎神都喊来帮忙。"六六冲柏友昂起脸。

"呵呵，诸葛亮可以借东风，不过，也没什么用。"刘国治叹了一口气，又像是续了个呵欠。

"怎么没用？"柏友盯住刘国治嘴唇上那个缺。

"都没用。不过，诸葛亮算是个英雄。"

六六和柏友都等着刘国治说完，但刘国治抬头去看树冠外灰不溜秋的天空。

"姜子牙后来打胜了！"六六又冲刘国治昂起倔犟的脸。

"那也不算什么。"

"诸葛亮后来打输了！诸葛亮没把曹操杀掉，是吧？"

"嗯。"

"那你还说他是英雄？"六六的目光像要把刘国治钉在树干上。

"呃,柏友你看到哪个地方了?"刘国治没接六六的话。

"单刀赴会。"

"哦,看到六出祁山你就知道了。不过,中间还有好长一段。"

柏友不知道刘国治说的"知道"是什么意思,他和六六一块儿等着刘国治说话。刘国治叉开五指往上梳那几绺头发,一边粗枝大叶地说起了败走麦城、白帝城托孤、七擒孟获、空城计和六出祁山。

"第六次出祁山诸葛亮就死了。"

"哦,怎么死的?"柏友问。

"他自己死的,嗯,他房里有一盏灯,当时,他的一个部下进来跟他报告军情,不小心把那盏灯扇灭了,他就知道自己命数已尽。"

"然后呢?"柏友问。

柏友和六六继续等着,流水在他们身后呜哦作响。

"然后,他晚上查看兵营,看见天上有颗大星很昏暗,他就给自己安排后事,那颗星一会儿就从半天空划过,落到西南方去了。"

"然后呢?"六六问,"他还没有杀掉曹操就死了,是吧?"

刘国治抬头看天空。他们三个都瞪着天空,先前那块云团不见了,只剩一片空荡荡的灰白颜色。柏友看看天空又看看刘国治。

"嗯,英雄也拗不过命数,英雄都没有好下场呐。"刘国治叹气时,嘴唇缺口耷拉下来,他一只手扶住树干好让树干暂且当一下自己的右腿,他一使劲站起来了。

六六看电子表,突然像青蛙纵身跳到沟渠边。"我早该拦水了。"他对着欢乐的水花责备自己。他把电子表往上捋,直让它卡在靠胳膊肘的位置。他一双手迅速扒掉一道小土坝,又迅速筑起另一道小土坝,水流巧妙地扭出个漩涡,稍作犹豫就掉头往六六家的稻田里去了。

这边,刘国治左腿拖着右腿沿沟渠往他的稻田里去,他走到山嘴那儿拐弯,几支头发又趁机溜下了秃顶。

六六看刘国治走了,嘟起半张脸说:

"都超过几分钟了!"

柏友还坐在那儿没回过神来。

"你知道他刚才为什么跟我们讲这么多吗?你知道吗?"六六瞧着胳膊肘那儿的手表,"他是故意拖延时间。"

"哦——"

"都超过三点好久了。"

"你刚才不是说几分钟吗?"

"是啊,五六分钟难道还不久吗?"

"不会的——"

"你还不相信?你看表,你看!"

"我是说他不是故意的。"

"他就是故意的。"

"我看他不是的。"

"他以前就骗过我们村的人,我听大人说的。"

"我看他刚才——"

"有些人骗人你根本就看不出来。"

六六说着捡起自己的草垫走到树干那儿,他挨着刘国治刚坐过的草垫坐下,他翻开书,一边说树干那儿的空气没那么闷热,但柏友没有坐过去的心思。柏友也没有看书的心思了,他"啪"的一声合上书,他咽一口唾沫正要说点什么,却听见一辆拖拉机突突地响。他俩都站起身,柏友伸长自己的脖子,六六踮起他的厚脚板。

一辆红色手扶拖拉机开出树林开上公路,是邻村的,这阴天里司机还戴着顶草帽。拖拉机朝温泉镇的方向去。

"这车很新,是辆新车。"六六吐了口痰又望着拖拉机。

"你怎么知道它是新车?"柏友用书拍拍腿。

"它的油漆很新很亮啊。"

"哼!"柏友让鼻子哼出一股劲儿。"油漆新的车就是新的?!"

"怎么啦?我说车新的又没——"

"你对车一点也不懂!"

"我叔叔有一辆一模一样的车呐。"

"你叔叔的是你叔叔的,你就是不懂!"

"好啦,我不跟你说了。"六六退回树干坐下。

"你就是不懂装懂!"

"我看书。这儿好凉快呀。"六六不想理柏友了。

柏友更不想理六六了。他转身离开,他听见水流在后边一路响起呵呵的乐声。六六喊了声"嘿——",柏友不搭理。柏友没有沿沟渠走,而是翻过沟渠上方的坡地再顺大路走回村子。风吹来,蒿草弯下去盖没了他刚才穿越它们时留下的印迹。

最后的厨房

　　端大伯的女儿嫁给了城里一户好人家,端大伯的老婆英大婶纠正大伙儿说那不是真正的城里而是偏郊区的位子,不过,抬脑壳就能望到市中心的高级酒店和玻璃大楼。这也够带劲的了。
　　端大伯样样农活很在行,而且平日里喝人一杯茶就能答应帮个忙。他女儿带新女婿回门的前一天,村里人都来他家当帮手了。杀猪杀鸡杀鸭杀鱼,洗白萝卜红萝卜小白菜大白菜冬瓜南瓜土豆芹菜辣椒小葱大葱等,接着,有人去村仓库搬来八仙桌长条凳,有人搬了成套的酒杯盘子瓷钵饭碗菜碗大海碗又开始洗起来。到晚上,就该把各样主菜都做个差不多然后放进蒸笼屉格只等第二天加热就行。

最后的厨房

外面下起了小雪，厨房里倒暖烘烘的。安大爷给两个连体大灶中靠窗的那个烧着了火，他在炖猪肘子。厨房中间，一圈人围着松木劈柴架起火堆，劈柴上的松树皮一碰着火就毕毕剥剥地脱落开了。堂屋那边的偏房里，妇女们在剥花生，在笑什么不太好笑的事。

康大叔把烟蒂扔进火堆，他招呼其他烤火的人："来，我们该开工了。"

"是啊，趁早开工吧。"灶角里的安大爷说。他往烟斗里填了些烟丝，他抽烟的时候脸颊瘪平的，整张脸看上去成了一绺又黑又干的皮。

一块门板给卸下来洗干净当了巨大的案板横在墙边，男人们沿着这案板坐成一溜。主事的康大叔安排小坡剁肉馅，康大叔先拿菜刀给小坡做示范，小坡干什么事都挂着两个酒窝嬉皮笑脸。康大叔安排阿团剁鸡块，安排阿连剁鸭块，绰号竹竿的中年人不等安排就坐在小凳子上切五花肉片了，竹竿瘦长，凳子矮圆。康大叔安排绰号牛角的小伙子切牛肚，牛角其实只是额头看上去像牛。"牛角切牛肚。"烤火的柏友和小典咯咯笑了。康大叔瞧瞧发哥那时髦的发型和白净的手，轻蔑地安排他切各样小菜和配料。发哥拿起刀，接着又放下好用小手指勾一勾盖住了眼睛的长发。"你切肉还戴围巾，竹竿？"康大叔说着从竹竿的脖颈后边把红围巾扯下来，围巾搭到火堆边一把椅子的椅背上，椅面上则躺着发哥的一双皮手套。

火堆边只剩下柏友和小典了。他们在吃蛋壳给染红了的喜气洋洋的煮鸡蛋，三两口吃完鸡蛋柏友开始玩一个拼图拼板，小典慢慢吃鸡蛋一边看着柏友把椰子树和轮船的图案拼好。

小典是几年前随母亲改嫁到村子里来的。他舌头有点短，不怎么说话，他继父贵新也不乐意听见他说话。当初，小典的母亲嫁给耕田种地的贵新，可她什么农活也不懂，她连豌豆和绿豆都分不清，村里人都觉得她来得莫名其妙，果然，没几个月她把小典留给贵新自个儿跑到广州去了。

贵新非常憎恨小典，他叫小典"狗骗子"，贵新只是一般憎恨小典的时候，他叫小典"小骗子"。贵新碰上点不愉快的事就把小典当成霉头，他很奇怪每当他把小典摔出几米远小典都像个溜溜球自动跑回来，他更奇怪每当他把小典摔起几米高小典落到地面都安安静静。有一回柏友看见小典从空中跌下吓得尖叫一声，贵新听成了是小典在尖叫，一时间他愣住了，偏着脑袋打量小典。"你也知道痛啊？狗骗子！"这以后，贵新不再摔小典而是拎起小典的胸口往墙上撞，加上他每顿只允许自己白给一小碗饭给小典吃，小典的身子骨就越来越薄，又薄又细，胳膊啊腿啊脖子啊脑袋啊都很细，不过他干起活来特麻利，他把家里拾掇得整齐又干净，窗户上还糊着不知哪儿捡来的画片。他给贵新洗衣服，他给贵新做饭砍柴养猪养鸡，这样，贵新叫他狗骗子的次数比从前明显少了，也可能是因为今年贵新出门做工一去好多天。这阵子，贵新又不在家了，小典竟然开始想念贵新，柏友还以为是小典晚上一个人守着屋子怕鬼呐。

小典把柏友当成唯一的朋友，小典教会了柏友用鸡蛋孵出毛茸茸的小鸡，柏友则把自己读过的旧课本送给小典。最近天冷了，柏友特别想搞一双鞋送给小典，因为小典穿着贵新穿过的旧胶鞋透风又进水，小典常常把脚包裹几层塑料袋再穿进鞋里去。柏友只有一双胶鞋一双雨鞋，有时他甚至希望它们快点穿坏，可又觉得把穿坏了的鞋送给小典也顶不了什么事。

端大伯是柏友家的亲戚，端大伯让柏友在厨房里烤火，他说他会让看康大叔炸芝麻汤圆给大伙儿当夜宵，他嘱咐柏友等着吃汤圆，也嘱咐柏友身边的小典。"你要多吃些啊，没爹没娘的孩子。"端大伯说着捏捏小典的耳朵提醒他。

这会儿柏友拼好了椰子树、轮船、海浪和海鸥，但他随即又把它们拆个纷乱然后交给小典去玩。柏友倒乐意听听大人们说的事。

一开始是康大叔在数落小坡，他撮起一小团肉泥展开来给小坡看："你看看，这能做肉丸子吗？根本没切断嘛！人家吃起来还以为我们在里边缝了线！"

阿团仰起圆脸瞧了瞧那根肉线，然后对康大叔的话表示了支持，他说："小坡，你使点劲啊！"

"使点劲——哈哈——呵呵呵——使劲——哈哈哈——"阿连手里抓着个鸭翅膀大声笑。阿团则抓着个鸡翅膀闷声笑。

小坡想及时制止阿连的笑，他说："阿连，你这么傻笑，口水都漏下来了！"

大伙儿听明白了，肯定是阿团告诉过阿连关于小坡的一点什么事。

竹竿撑直了腰，越过阿连对阿团说："阿团，小坡平常不是老贬你是个闷罐子吗？"

"是啊，阿团，"牛角抬起宽额头说，"闷罐子今天就给他响一回听听。"

于是，阿团慢慢地切着鸭子肉，说了起来。小坡似乎不太介意，他只是偶尔插两句嘴想纠正点什么。

几年前，阿团到城里一家印刷厂去找小坡，小坡是有两个月工龄的老员工了。他带阿团去见人事经理，阿团脸圆圆的嫩嫩的像个娃娃，人事经理根本不相信阿团满了十八岁呐，他把阿团的身份证拿到阳光里仔细照那个闪光的防伪图标。小坡拍着胸脯跟经理保证阿团是跟他同一年出生的，只比他"晚一个季度"。经理笑了。就这样，小坡带着阿团进了工厂，而他对自己带着个跟班这事儿挺来神的，他只是个装订工，可他喜欢给阿团讲讲他从印刷工那儿偷听来的印刷知识，什么晒版啦塑封啦铜版纸菲林片啦等等。阿团睁圆了小眼睛听着，生怕自己错过什么。小坡跟发工作服的大妈说："这是我们村来的阿团。"一贯节俭的大妈给了阿团一件新工作服而不是离职员工穿过的。小坡对食堂的大师傅说："这是我们村来的阿团。"一贯刻薄的大师傅多给了阿团一勺子菜算作见面礼。小坡对分管宿舍的后勤主任说："同一个村的住同一间宿舍好相互照应。"一贯不讲情理的后勤主任帮他们调整了宿舍，小坡和阿团两个人住到了走廊顶头的那个小房间，窗户外面是一段水泥公路。

星期天上午，有个女人穿着高跟鞋咚咚咚地沿路走来，她经过小坡他们宿舍的窗口停下来，她敲窗玻璃，她看见小坡和阿团后感到一点奇怪：

"你们是新来的吗？"她晃晃满头的卷发迅速改了声调："嗯，我说，年轻哥哥呀，能帮我一个小忙吗？"

"怎么啦？"小坡凑到窗边。

"嗯，就是——"她两个手指拨弄耳边的发丝，"我的脚——刚才，嗯，高跟鞋——我的脚崴了一下，我可以进来歇歇吗？"

阿团提醒小坡这女人是不是认错人了。

"你怕我是坏人？小朋友？"女人努一下嘴。

"那倒不是——"小坡回头用眼睛责备阿团。

"就是休息一下，放松一下。"女人把"放松一下"又说了两遍。

"进来吧，不是什么大不了的事。"小坡招呼她进来。女人从院门口拐进来的当儿，小坡神秘地掐一下阿团的胳膊说："你不是有一盆衣服要洗吗？你最好现在去洗衣服。"

阿团端着一盆衣服去走廊那头的公共洗衣房，可他刚把衣服泡上水，小坡突然冲进来直奔里面的厕所，阿团看见小坡的裤裆那儿全湿了。

"小坡,你没事吧?"阿团挺关心地跟到厕所里,可小坡关上了门在里边好久不接话。

"你怎么尿裤子啦,小坡?要不我去医务室——"

"别!我没事。"

"你到底怎么啦?"

"他妈的!"小坡终于解释给阿团听,"太直接啦!这女的来得太直接啦!害我猛地一使劲——"

"哈哈哈——"阿连又率先笑起来,一边扶了扶有"水泥厂"字样的宽檐帽。大伙儿觉得他亮堂堂的笑容将一百瓦的白炽灯映衬得更耀眼了,阿团笑着脱下来夹克外套,竹竿笑得嗓子更尖,牛角笑得身上的钥匙串直在腰带上发出爽朗的碰撞声,发哥的长发盖住了他的细长眼睛让他的脸显得像是笑歪了,他用小手指勾一下长发就看见了柏友。

"你看,连柏友都笑了!"发哥这一声让柏友赶忙转过去瞧小典玩拼图,柏友同时看见灶门口的安大爷,安大爷倒是没笑,他只是往灶里加一把干树枝,也就是往大伙儿的笑声里添加了猪肘子肥腻甘甜的肉香。

"啊,小坡,你当时没说你是哪个村的吧?要不我们村的以后都不好意思去城里混了。"康大叔说着从塑料烟盒里掏出一根烟递给安大爷,又掏出一根挂到自己的嘴角上。

"别说啦,来,我给您点火。"小坡摸出打火机给康大叔点着了烟,又去给安大爷点着了烟。

"咯咯——"竹竿还在从细瘦的身体内挤出笑声,"使劲得太早了,白花了钱啊,咯咯咯——"

"竹竿,你别惹火烧身啊!你去年白白使了几个月的劲呢!"小坡提起刀继续剁肉馅,也顺便提起了竹竿的什么事。

"我白白使几个月劲也比你这个好受,是吧?咯咯——"

"怎么回事啊,小坡?去年我可出远门了。"牛角瞧着牛肚片说。

于是,小坡说起竹竿给温泉镇一家电器店干活的事,为了防止小坡添油加醋,小坡才开了个头,竹竿就自己接过话去说了起来。

去年秋天,小坡和竹竿一块儿去应聘送货员,电器店店长没看上肌肉结实的小坡,倒是留下了瘦棱棱的竹竿,那店长说什么竹竿更能领悟他们的企业精神。小坡去了建筑工地挑砖挑土挖烂泥,竹竿则很得意地坐着辆双排座的小货车到周边各个村镇去溜达,他穿一身挺括的西装干净又体面,即便搬电器时脱掉西装还有蓝色的小领带挂在白衬衫上。

"刮北风了,注意感冒啊。"小坡曾经好心给竹竿提个醒。

竹竿说:"不要紧,脖子上有领带,不会进风。"

到年底,电器店店长竟然卷款潜逃了,员工们还以为他到城

鹅与野猪、山鬼

里进货去了呐。等到发现不对头,员工和几个交了定金的顾客就去抢店里剩下的几个电饭煲,竹竿什么也没捞着,干了三个月,只落得一套西装。

接着,腊月到了,家家都买年货,年关一天天近,东西一天天涨价。竹竿的老婆是个特能记事的女人,她告诉竹竿,电器店关门的前几天,他不是给村长家送了一台新冰箱而村长没付款吗?竹竿说村长买东西有赊账的习惯谁不知道啊。

"对啊,既然是赊账,就该去讨啊?"

"村长又不欠我钱。"竹竿明白了老婆的意思。

"他买了冰箱没付钱啊!"

"那又不是我的冰箱。"

"是你送到他家去的呐!再说,别的同事不都搬了电器店剩下的电器抵工资吗?"

"这不一样。"

"好吧,你不一样吧。过年总得花钱吧?这可是谁家都一样。"

老婆生气了,竹竿这才沉下心想了想。然后,他穿上那套西装,他觉得就是去村长家讨点儿搬冰箱的劳务费也行,他这么想着,又系上了领带。不过,村长的老婆西大婶是个满脑子主意滴溜溜转的人,她一听就明白了竹竿的心思。

"哦——把钱付给你?我想,这是你们店长以前的意思吧?"西大婶扶着院子的铁门眯眯笑。

"对,就是——就是,那会儿林店长还在电器店——"竹竿直拨拉领结。

"嗨！我还以为是今天呢！你们林店长前天刚给我们家打电话，说是那冰箱的钱让我们别放在心上了，他说得客客气气的。要不，你再打电话问问你们林店长的意思？"

门关上了。竹竿愣了一分钟就回家了。

"西大婶可不简单，你跟村长说也许还——"阿团说。

"也一样。"小坡说。

"西大婶说的也有可能，"阿连对着鸭腿说，"西大婶的儿子在城里挺吃得开的，说不定还真的跟你们那店长有生意往来。"

"嗯，是有可能。"竹竿叹了口气。

门开了，有个叫春风的妇女在门口问大伙儿要不要喝茶，康大叔说等会儿，现在正忙呢。春风是牛角的老婆，等她关上门走了，小坡就跟牛角说你老婆真结实啊是不是又怀孕了，牛角没接话，因为康大叔正在高声赞扬发哥切的生姜片："小伙子你干活真有一套啊！虽然有点慢。我这几十年没见过这么齐崭崭这么好看的生姜片！你真该去学学绣花！"

柏友起身去看生姜片，只见大碗里盛满了一模一样的尖三角形，它们一个个那么点点大，似乎一送进嘴里就会融化。

康大叔走到阿连身后，挑了几个鸭块让阿连再剁小点；康大叔挑了几个鸡块让阿团别剁这么小；康大叔让牛角注意把牛肚尽量往薄里切，又说竹竿的五花肉不能切那么薄；康大叔又教小坡

鹅与野猪、山鬼

握刀时手离刀面不要太近这才有劲；康大叔转过身去揭开锅盖用筷子戳了戳猪肘子，然后对安大爷说火焰可以离锅底近一点这样几个猪肘子就煮得更匀净些。

大伙儿结结实实干了好一阵子，阿团剁了四只鸡，阿连剁了五只鸭，牛角切了六个牛肚，竹竿切了七八碗肉片，小坡的肉馅完工了一半，发哥切的辣椒丁子又得到了赞扬。

柏友闻到辣味打了几个喷嚏，接着鼻子就变宽了，争先恐后涌进来一大群香味分子，有猪肘子热烈的浓香，有肉馅那一团团醇美中带一点生涩的软香，有鸡块那一股股丰美中带点生腥的鲜香，有鸭块那一阵阵肥美中夹着麻爽的清香，五花肉的香味一片片厚道又实在，牛肚片的香味一丝丝素雅又飘忽，这些香味分子像下课后操场上的孩子们一样热热闹闹混杂在一起，它们涌到火堆边，松木火焰将它们搅拌加热再散发出来，这真是世上最好闻的火焰。柏友弯身拢一拢松木劈柴好让它们烧得更欢乐。柏友发现小典一心不理会门板上的菜肴，柏友知道小典是不想让人看出来他平时从没吃过肉。

小典这会儿拼好了椰子树、船身，但船帆还七零八落地散得很开。小典舔舔嘴唇看一眼柏友，想让柏友帮他出个主意。柏友正要斜着身子去看拼板，却听到发哥叹了一口气。

"唉，我上当了——"发哥对着四边形的辣椒丁说。没人接话，他甩了甩头发对着墙说："竹竿，原来你这领带是这么来的！"

"怎么啦？又没亏你！虽然是二手货，我也就戴了两三个月。"竹竿说。

"你把领带卖给发哥啦！多少钱？"小坡问。

"二十块呢！"发哥回答。

"我又没赚你钱！"竹竿看一眼发哥。"你可以去镇上的商场问问。"

"二十块是不算贵，"小坡说，"不过，发哥，你应当再砍砍价的，我们这儿系领带的人，除了村长和你，打灯笼找不出第三个啊！"

"这二十块可划得来了！"竹竿对着菜刀说，"这领带保准系个大几年，保准不会生锈啰！"

"生锈——哈哈——"阿连笑得帽檐转到脑后了。

这"生锈"的故事大伙儿都知道，阿连还亲眼看见过那些锈。

说起来，发哥买竹竿的旧领带可不是无缘无故的，因为他爹就喜欢买二手货。发哥他爹买二手货也不是无缘无故的，因为他是镇上酿酒厂的老师傅，经常喝二锅头，倒不是说他喝了酒脑子不清楚，他只是"好这一口"，有这么个小爱好。他领了工资准到当铺去转转看来了什么"新东西"。他在当铺里买过木床、五斗柜、棉被（拿回家却给发哥他妈扔了）、热水瓶、电视机、电扇（少了一片叶子）、自行车，他还买了个放大镜——村里人说只有科学家才用这东西，但很快人们就知道了发哥他爹用得上它，因为他花了半年的工资买了根金条，得拿放大镜好好"照一下成色"。金条是早春时候买的,接着就是雨季,雨水绵绵不断下了两个月,大伙儿都说人都长霉了、太阳把我们这地方忘记了。再见上太阳,时令已经入夏,大伙儿恨不得把屋顶拆了好让太阳痛痛快快晒一场。发哥他爹记起了金条,他搬出一个小罐子揭开盖,还好,金条没长霉,它只是——生锈了。

"那锈吧,也不是特别多,就像雀斑,"阿连边说边抬起一只胳膊蹭脸颊,"就像平大叔家那嫁到后山的姑娘,就像她眼睛四周的那种小雀斑。发哥他爹一开始还骗自己说可能是长了点霉,就拿着金条在胶鞋帮子上擦,越擦越着急,又在台阶沿子上擦,然后想起来要拿放大镜研究一下,妈呀,那锈一放大成块成块的像人出了天花。突然我就听到哗啦一声,他把放大镜砸啦!我怕他急出病来,忙说我带他去找当铺老板,嘿!他不肯去。"

"怎么不肯去啊?"

"怎么不肯,嗬——"阿连抬起另一只胳膊蹭脸,手里还握着刀。

"你把刀好好拿稳啊!"阿连右边的竹竿提醒他。

"他不肯去,原来呀,他是在当铺门外买的,他在当铺外边碰上了一个中年女人,秀秀气气的样子像个女教师,说话也轻言慢语的,说是什么贵族的后代,是吧,发哥?"阿连怕自己讲错。

"哪有什么贵族!说是什么民国一个将军的后代,那人在历史书上还查得到,我爹平常也喜欢跟人扯那些过去的事,加上他眼睛又不好，我妈都骂过他好多次了——不过这回上当我妈倒是没骂他。"发哥说着自己也笑了。

"民国，咯咯——"竹竿说，"现在都什么年代了！"

"是啊，哈哈——"阿连又笑了。

这时，安大爷在灶门口用力挪了一下椅子，又把烟斗在灶台上磕了磕，他有话要说的时候就这样。安大爷是发哥的本家爷爷，虽然是隔了好几房的亲人，但发哥每次从城里打工回来都会给安大爷带点水果啊罐头啊什么的，因此，安大爷踩住阿连那笑声的尾巴说："铜嘛，本来就很像金，好在这还只是丢了点钱。嗯，那年阿连他爹，是哪一年来着？嗯，去城里他一个战友家，闹的就不光是笑话，还差点丢了命呐！"

"是啊，"康大叔说，"我早就算过卦，阿连他爹的命硬得很呢！"

除了康大叔，其他人都没听过这故事。安大爷正要说，厨房门给一个膝盖顶开了，春风一双手端着个大托盘进来，她说英大婶让她给大伙儿泡了豆子红糖茶，每人一杯。小典也有一杯，小典学着柏友的样子先把漂着的熟豆子吹开了喝热的甜茶。屋里一片啜茶的声响，竹竿吞茶的声音也很尖。大伙儿都乐意这会儿有安大爷说话。春风也在柏友他们旁边坐下来听。

在城里，每户人家都有一个燃气灶，连接着一个圆滚滚的大铁罐，火焰就在铁罐里等着，你只需要啪嗒一声拧一下燃气灶的旋钮它就冒出来。阿连他爹不免感到惊讶，接着，为了让战友不对他感到惊讶，他对战友说我们村里也有人用这高级家伙了。正烧着水，他战友接了个电话要出门办点急事，嘱咐阿连他爹等会儿自己用开水泡茶喝，可他没告诉阿连他爹该怎么把火焰关回到铁罐里。水开了，阿连他爹把水壶拿下来，然后用嘴去吹火焰，他吹啊吹，那可不是煤油灯，根本就吹不灭，火苗顶多闪一下身子。实在吹累了，阿连他爹就找来一本书帮着扇风，结果，火把书给烧坏了，他只好又狠狠地吸气狠狠地吹，他以前不是当过兵嘛，肺活量大。他吹得满身是汗，因为吹的时候得半蹲着，幸亏他当兵时经常站马步。不知是火焰烤的还是他吹得太用力了，他的腮帮子火辣辣的疼，他找一条湿毛巾擦汗，给腮帮子降降温，他灵机一动，一下子明白怎么灭火了，他把毛巾在水里浸湿，然后，猛一下扑到火焰上，这下见效了，火给湿毛巾盖熄了。阿连他爹这才给自己泡一杯茶，他坐到客厅的沙发上喝茶，休息一下。这一休息，好家伙！休息了一二十个小时！醒来的时候他躺在医院里，他看见战友和医生站在旁边还以为打仗了呐！他也不相信是什么煤气中毒，他说他清清楚楚记得自己把火弄灭了、关进气罐里去了。

"也真亏了他那个吹呀！"春风带头感叹道，一边把肚子上堆着的毛线衣褶子拉拉直。

"要是我这么一吹，八成会得腮腺炎。"竹竿说。

这时，小典低声问柏友："你见过燃气灶吗？"

"见过，我在亲戚家见过。"

"我没有。"

春风是个嘴快的婆娘，她把小典的回答转给大伙儿听：

"小典就直接说自己没见过燃气灶，小典真是个不错的孩子。"

"是啊，小典，等会儿多吃点油炸汤圆。"康大叔摸摸小典的背，康大叔说完又接上了刚才的话："还是他们当兵的身体好，要换了别人，还不一定醒得过来呢，安大爷你说是不是？阿团他爹也是当过兵的，别看他少一只手，砍起柴来一会儿一大捆——"

"我爹他坐不住，不干活就不习惯。"阿团把剁好的鸡块装进一个大瓦钵里。

"是啊，当年他去找市长，市长给他安排个轻松的好工作，他也不习惯。"康大叔站在灶台边说。

"他干了多久来着，阿团？"阿连在剁最后一只鸭子。

"上十天吧，嗯，好像还没有十天。我爹就乐意回家种田，没办法。"

"市长也没留他？"春风那红色毛线衣的褶子又堆在肚子上了。

"他不好意思接见市长了呗！"这回是阿团自己带头笑开了。

"接见市长"是村里人拿得出手的老笑话，又老又有分量，因为这里头有位市长，还有位将军。说的是阿团他爹年轻时打仗丢了一条胳膊成了战斗英雄，退伍时，有将军接见了他和其他

鹅与野猪、山鬼

的战斗英雄,那将军挺客气地说:"今天,是你们这些英雄接见我,我深感荣幸!"阿团他爹得了功勋章,也得了将军这句宝贵的话。可当他回到家乡,任何一个官员都觉得给他工作就是给自己的部门添负担,甚至认为他有可能因为少了一条胳膊而成了一个古怪的人。他本来就有点怪,不是吗?他一着急就拍领导的桌子、摔门。阿团他爹各个部门都跑了一遍,窝了一肚子火,然后,他就记起了将军的话,他去找市长,他跟市长的秘书说他要"接见市长",他说他接见过某某将军,接见一个市长有什么不可以?市长还真的跟他见了面,给他安排了一份仅用一只手就能完成的工作:收发信件。不过,市长要求他先击毙三千个"敌人"——学习认字,最少三千个字。阿团他爹去培训班待了一个星期,然后他卷起被窝回家种田来了。他说他是个粗人,不习惯这样的阵势:这些"敌人"像蚂蚁那么大直让他眼花。

"阿团他爹是个脾气硬朗的人。"康大叔揭开锅盖又往炖猪肘子的锅里加了一瓢水。

"后来死得也挺硬朗。"春风又拉拉毛线衣。

"是啊,那天犁完地回家就死了。"

"嗯,我妈还以为他坐在椅子上眯觉呢,还让我别打扰他。"

"这么死了是有福气,"春风说,"不像牛角他爹,拖了好几年,一天到晚地哼——"

春风是村里唯一叫丈夫绰号的婆娘,人们很奇怪牛角怎么不生气。

"虽说他有病痛,可那病也不至于——"春风叹了一口气,"他只有吃饭的时候不哼,其他时候总是哼哼唧唧,哼的声音呢,也不大,不过总能提醒我们注意。也真是怪,在屋里哪个角落都能听见他哼,我就是在杂屋里也能听见,可我一走出我们家屋门就听不见了,还以为自己耳朵出了问题。后来,我们有点明白了,他是怕我们说他吃得太多,他胃口的确好,牛角干一天活回来也吃不了他这么多。后来,我女儿也觉得烦,她晚上要写作业,她爷爷哼起来她作业也写不好,还挨了老师的批评。她就去跟她爷爷说:'爷爷,您别哼好吗?我要看书写作业,要不我考试会不及格的。'这是我女儿自己去说的,我们可没教她。嗯,这下管了点用,管用了十多天吧,他又开始哼。唉,我们整整听他哼了五年。"

"我看,他也不一定是担心你们怪他吃得多。人老了嘛!"康大叔说。

"我们根本就没怪呀,我总说人老了吃得多是好事呀。后来,我跟牛角说你爹很可能是怕死——"

"是啊,他舍不得你们呐!"小坡接过春风的话,"他今晚上就会来找你和牛角的!"

"小坡,我看就你的活干得最慢了,我一会儿就要熬猪油开始做菜了。"康大叔走到厨房门边,他拉开门,他说他要去井台那儿看看剁鱼块的人剁得怎样了,他又一次嘱咐小坡认真点别一副骨头要散架的样子。康大叔那只又宽又厚又黑的手拉上了门。

厨房里,阿连剁完了鸭子在帮阿团剁最后三只鸡,牛角早切完了牛肚然后又邀发哥切起了火腿肠,牛角切的火腿肠是单调的圆形,而发哥切的有圆形也有椭圆形三角形矩形平行四边形,竹竿切完了肉片,他坐到小典的旁边烤起了火、抽起了烟,这让小坡嘟噜了一声,他认为别人只是把肉斩成块切成片而自己则要把肉剁成馅真是可怜,阿连答应一会儿帮他。

"还是阿连体贴人!竹竿,你就一点也不懂见机行事!"

"你让我抽完烟再说。"竹竿呵一口烟。

"你快点抽啊!"小坡见有人帮他,又抿着两个酒窝起了闲心,他低头对着案板说:"要说见机行事,还是锐锐最会见机行事,呵呵——"

锐锐是康大叔的儿子,在镇上的家具厂当学徒。家具厂所在的临河街,有一排老房子经营着美发店按摩店什么的,外墙粉刷得花花绿绿挺惹眼。夏天里,河水涨上来把街面淘洗了一遍,人行道的地面砖松动了、不平整了,这儿那儿踩上去直溅起一股股泥浆。

康大叔从前跟建筑队干过铺地面砖的活,什么铁抹子木抹子小木杠大木杠小平锹泥浆喷壶这些工具一全套他都有,他对自己的手艺也挺有底气。他给足浴店门前铺好地面砖,第二天早上他去洒一遍水再收工钱,可那足浴店的男老板不肯付一分钱。康大叔还以为自己干的活出了大漏洞呢,男老板却说工钱已经付给锐锐了。

"付给他?什么时候?"

"昨天晚上。"

"他来这儿洗脚?"

"是的。"

"洗个脚要这么多钱啊?"康大叔晃了晃小泥桶。

"边洗脚边看电影,"男老板怕他不明白,指一指吧台里边的录像机和一堆乌七八糟的影碟,"生活电影,生活片。"

康大叔没吭声,他装作什么事也没有地"哦"了一声然后去旁边的美发店忙活。嘿,又白忙了一天,隔天早上,美发店的女店主说工钱付给锐锐了。

"付给他?什么时候?"

"嗯,昨天——"女店主拿着把梳子梳头发,"昨天晚上。"

"他来这儿理发?"

"是的。"

"剪个头发要这么多钱啊?"

"这还算少的呐——您得问问您儿子,哼哼——"

女店主诡秘地一笑,店里面的女服务员也都尽力报着嘴用鼻子笑。这些女服务员啊,穿的那个什么衣服呀,其实就是几根带子,谁一看都会明白的。

康大叔拎起小泥桶就走,他本来还要给旁边的按摩店铺地面砖的。他走到临河街顶头的家具厂，锐锐还在工厂宿舍里睡呢，康大叔走进去，一言不发就把小泥桶里装着的工具哗啦全倒在锐锐身上，一把铁抹子恰好划过锐锐的脖子，那伤口——到现在还看得见寸把长的一溜疤痕。"老子忙一天，你小子倒真会见机行事啊！"康大叔说着又抓起那把小平锹一抡，锐锐披着被单死命地往外冲，直追到街上康大叔才停下来喘气。

"他们父子俩倒挺配合呢，一个白天干活一个晚上干活。"小坡说完后竹竿总结道。

大伙儿正要哈哈笑开来，却听到康大叔的脚步响，于是，只剩下没心没肺的阿连代表大家傻呵呵笑几声。

康大叔和端大伯各端着一个大瓷盆进来了，康大叔的短胡髭上挂着雪花，端大伯的宽肩膀上挑着雪花。端大伯在门板上放下一盆鱼块，康大叔则放下一盆浸泡后沥干了水的糯米。端大伯说他担心明天村子前边的路积了雪让女儿女婿为难，春风说这么点雪根本不碍事。端大伯带上门出去，英大婶又捧着一盆拌了黑芝麻揉好后的汤圆粉进来了。英大婶委托春风搓汤圆，英大婶穿着暗花格呢子外衣，春风伸手摸了摸衣角说："这料子真软溜。"英大婶则从另一边的口袋里抓出一把糖果分给柏友和小典。英大婶说她得过那边厢房去包糖果礼包，英大婶出门时，那边厢房里几个妇女的说笑声钻进了厨房。

春风对柏友和小典说搓汤圆很好玩。柏友和小典在瓷盆里洗了手蹲下来搓汤圆，他们撮一小团汤圆粉，春风嘱咐他们先拍成饼状，再搓成圆球它就又柔和又匀净了。湿湿的圆球直蹭得人手心里痒。

　　康大叔安排阿团阿连和竹竿帮着小坡剁肉馅，四把刀在案板上嗵嗵响得像战场上的鼓点，康大叔叫牛角和发哥先放下火腿肠准备搅拌剁好的肉馅，康大叔说着自己拿个瓷钵装了肉馅，接着往里加料酒胡椒粉和盐，牛角和发哥挺直身子瞧着。康大叔用一双筷子搅拌，他说筷子只能往一个方向绕瓷钵打圈，可以这样可以那样但不能既这样又那样，要不肉馅会粘住瓷钵让筷子"上不了劲"。

　　康大叔看他们搅了一会然后端起一盆肥肉和切好的板油倒进外侧的大锅里，里侧的大锅现在给罩上了蒸笼。安大爷磕掉烟灰把烟斗放在灶台上，他左右开弓往两个大灶里添柴，红红的火光让他的脸膛看上去像旧时候的铜水壶。没多久，肉片冒油发出嗞嗞扑扑的声响，厨房给金黄明亮香脆肥美的油分子占领了，油分子们飞到松木火堆旁，跟火焰碰撞发出金色的闪光，油分子们吓了一跳，拖着一道金色的尾巴来回直蹿，柏友觉得它们像一队幼儿园的孩子在玩老鹰抓小鸡。

　　一群油分子从白色的汤圆上掠过，汤圆散发出炸熟后干燥松软的甜香，诱人的金色中点缀着文静的黑芝麻。油分子们拐个弯飞到案板上，鸡块炸熟了，那模样像春天的花吸饱了土地的营养后肥嫩又放肆。油分子们的尾巴扫过鸭块，鸭块像秋果在淡金色中蕴含浑朴的黝黑。"喂，那儿还有五花肉！"一颗油分子提醒领头的同伴。于是，金色的队伍又拐回去，五花肉也熟了，绚烂的富态中有挑逗的粉红；鱼块熟了，明黄的鱼肉与青黑的鱼皮像一对生活美满的夫妻；牛肚片熟了，刚健的肚片与裙摆般的牛百叶在金色光芒中相互调情；煮熟后更显慵懒和气的猪肘子让油分子们着急，它们来一段小小的滑翔，纷纷在猪肘子上歇息下来，直让猪肘子变成下锅后那种喜笑颜开的酱红色。它们又飞向火腿肠，飞向肉馅……

油分子们的队伍越来越壮大，它们热闹的大呼小叫勾起了柏友肚子里的咕噜声，接着，柏友听见小典的肚子里也在咕噜响，柏友和小典都剥了颗酥糖放进嘴里。春风抬眼睛瞥一下柏友和小典，笑了，不知她是不是笑这两个孩子的饿相。她是个从不显饿相的结实婆娘，她有一双圆滚滚的手和一个圆滚滚的腰，这会儿她弯身搓汤圆，肚子上和胸脯上都堆满了毛线衣褶子就更显得结实了。

很快，阿团阿连竹竿和小坡剁完了肉馅开始用牛角和发哥搅拌好的肉馅搓肉丸，康大叔又走过来教他们在手心里沾点水，搓的时候让手心略略弯曲，搓好后让肉丸子在糯米上滚两个弯曲的来回——就跟翻过后山的那条山路差不多的样子。小坡说他懂了，小坡舒一口气想歇一会。

春风提醒小坡："你要勤快点啊小坡，上回给你介绍的那姑娘，她家父母说最想找个手脚麻利的小伙子。"

"哦，他们怎么看出来我手脚不麻利？"

"那姑娘现在嫁了好人家了，男人在田家镇开药材铺，房子都有两幢呢！"

"是啊，所以他们才故意挑我毛病。"

"嗯，那也是。"春风对着筛子里的汤圆说。

"下回我表现积极点，进门就给人家干活。"

"下回我要带阿团去相亲了。"

"也带上我吧。不就是阿连的表姐吗？一块儿去相呗，她看上谁还不一定呢。"小坡笑着向春风提建议。

"放心吧，我表姐保证看不上你。"阿连接了一句。

"凭什么呀？"

"嘿嘿，到时候你就不怕阿团把你'使劲'的事说出来？"

大伙儿都笑了，烧火的安大爷都沙着嗓子笑了，柏友也扑哧笑了，搅拌肉馅的牛角笑着取下了身上的钥匙串。

"小坡，你看，连柏友都笑了。"竹竿说。

"柏友，你听得懂吗？你真是人小鬼大呀！"小坡又对小典说："小典没有笑我，小典是个好孩子。小典你认我做干爹好吗？这就省得我结婚了。小典你说呢？"小坡一边搓肉丸子一边盯着小典，看起来像在模仿小典搓汤圆。

小典可不会吱声。柏友看见小典上牙咬紧了下唇。

"这样也可以，小典，"竹竿接话说，"你后爸要是再给你找个后妈你就干脆住到小坡那儿去，最起码小坡管你吃饱饭，不会打你。"

"我疯了才打小典呢！我肯定让小典吃饱饭，还让他吃好的穿好的。"

"小典，"春风帮小典说话了，"你要小坡现在就买点礼物给你。"

"买双鞋吧。"柏友赶忙插了一句嘴，他一急就把手中的汤圆压扁了。

"是啊，小坡，就先买双鞋吧。你看小典穿的这个胶鞋，冷天啊下雨下雪怎么受得了！"

"小典要是现在喊我做干爹了，我明天就去买，一双鞋根本不是问题。"

"那你就喊吧，小典？"竹竿问小典。

"小典不好意思了，"春风瞧着小典低下了细脑袋。"小坡你应当先买鞋来，你买了新鞋小典再喊你干爹才是道理呐。"

"是啊。"竹竿说。

"没问题啊，一双鞋嘛！等会儿吃汤圆我就要把自己的分一半给小典。"小坡又加上一句："等会儿我还要康大叔挑几个肉丸子单单给小典吃。"

小典不乐意别人说他了。小典小声数起筛子里的汤圆来。"快五十个了。"他说。

"一共要搓多少个？"柏友问春风。

"总有一两百个吧。这筛子装不下，等会儿去拿个大瓦钵来。"

现在，灶上的蒸笼热了，直冒气。发哥和牛角搅拌完了肉馅也在帮着搓肉丸子了。小坡说要跟他们搓汤圆的比一比看谁搓得快。

　　端大伯及时送来一个盛汤圆的大瓦钵,他贪婪地吸一口金黄明亮香脆肥美的油分子说:"好香啊!辛苦大家啦!"

就这么一下子，我开始减肥

我十三岁时，父亲搬出去跟一个开饮料店的女人住到了一起。冰棍婆娘，我和母亲是这么称呼那女人的。当然，我们没和冰棍婆娘说过话，我们只是在自己家里开她的玩笑。

"今天我在菜市场看见冰棍婆娘，她拿的篮子那么小，好让自己显得高一点，到头来菜又装不下，真好笑。"

"她跟一个买果汁的小孩当街对骂，冰棍婆娘，她的骂人话说得比小孩还顺溜。"

"我无意中看见冰棍婆娘在街上打公共电话，生怕人偷听的样子，小眼睛骨碌骨碌。"

"冰棍婆娘有个舅侄也在我们学校，一个男孩，碰上点什么事就擦眼泪。"

"她梳了个一丈高的发髻,冰棍婆娘。"

借着玩笑带来的好心情,我让母亲给我买了两件半长风衣,借着风衣的掩护,我继续混在"可爱女孩"的行列。我又在脖子上挂了个闪闪发亮的银色小海星,分散别人对腰腿和脸盘的注意力。在食堂里,我还是跟同班的姐妹们坐到一起,不过,我总是在自己快吃完时才端着饭盒出现。"啊,原来你们在这儿!"说着,我大方地坐下,分享她们的小秘密。李红霞终于找出了上回在电影院掐她胳膊的男生,这肯定得请姐妹们大吃一顿;王丽娟跟新转来的男生开始递小纸条了,那男生的堂姐竟然在县电视台播天气预报,这一下就让王丽娟离自己成为节目主持人的梦想近了十几步,真值得庆祝,又是吃;沈小玲失恋了,除了听她倾诉痛苦,还得陪她逛小吃店,她喜欢芝麻,而芝麻差不多都嵌在油炸面食上;加入学校合唱团的吴美心像变了个人,为了让嗓音更有爆发力,她不能那么瘦了,于是,她在课桌和书包里塞满了零食,她的课桌跟我紧挨着。每个周末都有生日蛋糕作为点缀,女生男生都乐意向我发出邀请,可能你也听得出来,我说话还算有意思,谁不愿意过一个有意思的生日呢?还有,语文老师安排我辅导一个木讷的男生怎样给一篇作文开头,这男生家里是祖传的养蜂专业户,他送我一大瓶蜂蜜,接着我又教他写作文的中间段落、结尾,又教他如何描写人物、风景……

从一百二十斤通往一百七十斤的路上,我只遇到了两个不像

鹅与野猪、山鬼

样的小挫折。一次是加入文学社,社长吩咐女干事拿一张申请单给我填,女干事拿了申请单然后又小声跟社长确认:"这个,真的要给她吗?"我听出来了,这女干事是觉得我这种体型很难跟她心中的文学挂上钩,觉得我不像是能写出一个优美句子的人,这种狭隘理解——唉,相信你也会为我们学校的文学前景害臊。

另一次是我们班学习成绩最好的那位,一个叫柏友的男生,他跟我讨论三毛的《撒哈拉故事》,突然,教室后面响起几声流里流气的口哨,那之后,他就再没跟我说过话。我也曾心底下嘀咕:如果我长得抢眼、苗条,他也就不会这么害怕别人的口哨了。不过,胆子这么不中用的男生不说也罢。

对了,冰棍婆娘倒是给我提过醒,她跟我父亲从温泉镇搬走的前一天,我碰到她从一个五金店出来,手里拿着几个红色编织袋和一卷胶带。她仰着个刻薄下巴对我说:"你爸爸,他其实,嗯,他很担心你,他担心你故意吃很多,运动得太少——"我受不了这种假模假式的父爱,我截断她的话说:"你这胶带买得正好啊,回去贴住他的嘴。"

我母亲去哪了?是的,她后来也很自责那段时间没管好我。她辞了工作在家睡懒觉,睡醒了就去做头发、打麻将,还有一件事,说出来她肯定会生气,那就是她怀疑我在很多问题上暗中站在我父亲那边。倒也不是说她不爱我什么的。她的一位女牌友曾经劝慰她说:"想明白点,太阳底下最有赚头的事,就是照顾好自己。"她跟这位自私的女牌友学起了烹饪。我还清楚地记得她先是买了个砂锅学煲汤,她往红豆排骨汤里加一小勺油的时候瞥了我一眼,又瞥了我一眼,为了减轻她的压力,我靠近了说:"哦,红豆啊,红豆好啊,能分解脂肪。"接着她从食谱上发现海带能抑制胆固醇吸收,于是,海带炖猪蹄,她吃猪蹄我吃海带,然后是芦笋炒腊肉,她吃肉片我吃芦笋,然后是冬瓜烧牛肉、胡萝卜炒肚片、洋葱煎羊排、西兰花煨鸡腿……就这样,她学了煲汤学小炒,学完小炒又学煎、煮、涮、蒸、炸、烧烤、凉拌等等。厨房里添了一大堆锅啊钵啊铲子勺子搅拌器什么的,有天夜里我去找点东西吃,一转身就碰到了这些东西,老天爷,咚咚嘭嘭的声响估计把整条街的人都吓醒了。我母亲在这些乱七八糟的东西中间倒是行动自如,她人瘦,她系上那条绿色围裙,看起来像厨房里长了根葱。事实上,我很少半夜里去找吃的,我几乎都是明着跟母亲要一点点。那阵子,"一点点"这个词成了我和母亲沟通的重要桥梁,"我只试一点点"、"我只吃一点点"、"我只喝一点点"、"一点点没事的"、"一点点,就一点点"。

这样,我一点点胖到了一百八十斤,学校门口那五六级台阶也让我特别费劲了,有时候,门卫等得不耐烦,会屈尊下几步台阶来检查我的学生卡。

你别弄错了,我刚才没有责怪我母亲的意思,她,一个离婚女人,也应当有点自己的生活。再说,她的确一直限制我吃东西,她替我制订减肥计划时,也给自己画了一个表格来监督她自己,表格里的项目有陪我跳绳、打羽毛球、周末陪我骑自行车去

鹅与野猪、山鬼

周边的镇子逛逛、爬山等等,她还陪我去做足浴发汗,又找到一个退休的老中医,说服他到暑假里给我用针灸减肥。

事实上,暑假还没来,也就是说还在春天里,我就开始掉肉了。怎么开始的呢?这要说到院子里那个破电表。你知道,失眠这事一向跟胖人不搭边,可一连几个晚上,我给窗外那个电表里的电流声弄得好久睡不着,嗞嗞的声响听来像什么东西被堵住了,又让我想到那会儿天气变暖,正是蛇出洞的好时节。我特怕蛇。

一个嗓音沉着的电工从集贸市场那儿来给我们家修电表,他推开院门说了声"嘿",又像是从鼻腔里哼出来的。这是星期天,我正在屋里傻傻地照镜子,我把窗帘拨开铅笔粗的一条缝,瞧见这男人的肩背,他的背有点向前哈,肩上挂一个米黄色的工具包,他的腰很结实,工具包显小。他脸颊布满胡茬,脸上有一种"我干什么事都能随随便便就干好"的表情。他跟我母亲说他需要一条凳子,我母亲说没有凳子但可以将一把椅子横倒然后踩上去。他走近墙壁踩到椅子上去后我就看不见他了,只听得墙上的电表盒盖被掀起,接着是他翻动工具包的金属碰撞声。我倒是从窗帘缝里看见我母亲,她站在台阶下,她新做了个发型,发梢碎碎的,有点往上翘,她穿着半高跟的拉链式小皮鞋、一件有心形图案的薄毛衫,我一直羡慕她能穿高跟鞋,也羡慕她有个高鼻子,这会儿她在说话,右手食指的关节不经意地碰碰鼻尖。他们在聊天气、通往森林公园的山路拐弯处发生的车祸——一对男女失踪了,也许他们还活着,只是掉进了丛林,被困在那儿。

"是啊,最近一直雾蒙蒙的。"我母亲说。

"关键是那儿树那么密,加上老起雾,河水哗哗地响——"

"嗯。"

"他们就是吃嫩叶、吃蘑菇也能活个十天半月。"

我母亲倒了一下脚,抱起双臂。

"到处都是蘑菇,水也不成问题。"

"是啊,蘑菇可以生吃。"

"我以前在林场,经常挑着箩筐去采蘑菇。来,你帮我拿着这个。"电工把电表的方形塑料盒盖递给我母亲。

"你以前在林场工作过?"

"是啊,木材检查站。我那时经常弄蘑菇、黄花菜、映山红——"

"映山红也能吃?"

"是啊,生吃。"

"生吃?不会有毒吗?"

"呵,当然要把花心拿掉。"

"哦。"

"花瓣一点事都没有,以前,我儿子一去林场玩就摘花瓣吃。什么牛奶糖啊,他都丢一边了。"

"呵呵呵。"我母亲一笑,胸前那个海碗大的红心图案跟着打颤。

"都生锈了——"电工在用改锥拧动螺丝什么的,他一使劲鼻腔就沉着地哼两下。

"你儿子多大了?"

"九岁。八岁半,快九岁了。"

"哦。"

"脑瓜子还算灵活,就是贪玩,玩起来花样一个接一个——"

"……"

"他还养鸟、养鱼,他上学去了我还得帮着照顾他的鸟。"

"呵呵,也挺有意思的。"

"他喜欢钓鱼,也喜欢吃鱼,上回他缠着我带他去大水库里钓鱼,钓上来就在沙地里烧熟了当午饭——"

"怎么烧啊?是不是——"

"要在鱼身上糊一层泥巴,有点脏,不过——"

"不脏啊,挺香的。"

"你吃过吗?"

"没吃过,我只是听说过。"

"哦,下次我烧一条给你啊,那很简单。"

"好啊。"我母亲将塑料盖交给左手,右手食指则弯成一个钩碰碰鼻尖,我不记得她是否抿嘴笑了。她用手拍拍发梢的样子让我想起班上一位动不动就涨红了脸的女同学。

电工又说起了天气,因为电表里几个零部件都起了锈,他在翻工具包寻找什么,他说他担心儿子动过他的工具包,他儿子玩起来鬼主意多,有一回竟然将他的电动剃须刀拧开,利用旋转的刀片把青草切碎,然后喂鸟喂鱼。

"那你打他吗?"

"很少,几乎没打过。我知道自己小时候跟他现在一样。"

"呵呵——"

"我以前也特别淘,那时候大伙儿也都没什么玩具,我还记得自己带一帮孩子每天爬到学校后面的山上往下滑,胶鞋底没几天就得补一次、换一个。"

"男孩子都这样吧。"

"是啊,一边滑还一双手把路旁的草叶拨得哗啦响,大声喊什么'我要起飞啦!'"

"呵呵,哈哈哈——"

我母亲身上的红心颤个不住,差不多是在上下跳动。电工把手伸给她好一阵了,她才反应过来,把电表的塑料盖递过去,手的动作也很笨。

"你别忘了哦——"

"什么呀?"电工跨下了椅子。

"烧鱼呐!"

"哦,对。这完全没问题。"

电工走到院墙边的水龙头那儿洗洗手,我看见他将手中的钳子放到泥地上,洗完手却忘了捡起来,因为我母亲在问他修理费。他用胳膊肘把工具包往腰后边别一别。

"算十五块吧。"他说。

我母亲递过去一张一百元的绿票子。

"哦,我没零钱啊,"电工摸摸脸颊的胡茬说,"这样吧,我去街上买一包烟,一会儿回来找给你。"

他跨出院门,一摆腰不见了。我母亲还没觉察到这事不对头呐,她哼着歌进了屋。

这电工当天没回来找钱,今后也不会来了,因为他是个货真价实的下流胚。班上一个男生告诉我,这电工经常在校园外边勒索学生的零用钱,我有点不信,没两天我就亲眼目睹了这一幕。接着我听说他刚带一群外地来的民工砸了一家新开的麻将馆。

对了,他倒是给我家留了一把钳子。谁都见过钳子的,它的两根手柄有点向外弯,像鱼身子的轮廓,而钳口,则跟一只鱼眼睛特别像。每天上学放学经过院门口,我都故意不往那儿看。还好,我母亲感冒了,连着几天在家看电视、睡觉、听屋顶啪啪的雨点响。这阵子雨季开了头,没料到开头就是一场暴雨,山洪从山上不要命地冲下来,街道变成了浑浊的河流,好些做生意的把货物转移走了,只剩下水浪拍打的声音在店堂里回响。水涌进我们家院子,淹了足有一尺深。

雨停了,环卫工人疏通了街上的下水道,院子里的水才肯退去,留下不知哪儿漂来的垃圾,树叶纸片破衣服塑料瓶什么的,当然,那把钳子还在。趁着太阳出来溜一会,母亲吆喝我跟她一起打扫院子,我拎着把铁锹出去帮忙,正好撞见母亲捡起那把钳子扔到街上去，院门口的泥地上有它留下的凹坑，死死地盯着天空。

中午，我打扫院子后疲累不堪的样子感染了母亲，饭还没做好，因此她准许我先吃半块饼干骗骗肚子，我吃了半块，接着拿起另外半块。突然，我母亲冲过来一巴掌拍到我手上，饼干掉了，她又一脚将它踩个粉碎。

"你就知道吃！就知道吃！你一点也不为我着想——"她捏起围裙的一角开始擦眼睛。"你得为我们娘俩想想——"

她真的哭了，她伤心起来像个怕事的小女孩，我递纸巾给她时她捧住我的手说："你得想想，你的同学会离开你，将来，一个个离开你，你的朋友会离开你，一个个离开你，你也交不上新的朋友，人家顶多只是——只是跟一个胖子开开玩笑，顶多就这样，他们不会真正地、真正地——"

她的声音低沉但格外坚实，容不得我的减肥决心打百分之零点一的折扣。就这么一下子，我开始减肥。

落空的补偿

1

柏友站在村子前边的路口等待去城里的客车。太阳出来了,公路对面的稻田里尽是露水的闪光。有个卖油豆腐的骑着自行车溜过去,铃声清脆。公路上又一派安静,也许客车就快来了,山挡着,等车的人看不见。柏友的父亲又叮嘱柏友上车了要当心,到城里后更要当心。

"城里复杂得很呐!"

"嗯。"

"地址你都记住了吗?"

"记住了，写好了放在包里。"

"下车了你找个地方把脚洗洗——"

"知道。"柏友低头看自己的凉鞋。

"先去找你金伯伯，再去找宝叔叔，再找叶子姑妈。"

"嗯。"

"你明天就赶回来，少给人添麻烦。"

柏友的父亲是个农民，和村里其他的农民一样，总觉得自己天生就会给城里人添麻烦，因此，柏友好些年没见过这三位堂亲戚了。

一个月前，有台挖掘机趁着夜色到村里来搞几块大石头，好给镇上的宾馆作地基，结果，挖掘机不小心引发了滑坡，小小的滑坡在山区倒也算不了什么，可这坡地上有一片坟墓，于是，迁葬、索赔。建筑公司初步估算村民们的愤怒起码要四千块的补偿款才能压下去，他们趁着夜色来找村长商量，四千块就折成了两千块。

柏友家的那座坟墓里埋着柏友的叔祖父，这位祖辈死的时候才二十出头，他当兵没两年就遇上了大撤退，他匆忙回家探一下亲匆忙离开，哪知还是没追上撤往台湾的部队，他被俘了，不久被枪毙了。如果他知道自己死了四十多年还能给家族赢得两千块钱的收入，一定会对人世多些体谅。

柏友的这位叔祖父没有子嗣，这一来，柏友的父亲认为自己不能独占补偿款，他的堂兄弟堂姐也应当有份，这三位本家亲人住在城里，他们任何时候都不会等着五百块钱买米下锅，但那是另外一回事。柏友的父亲是这么打算的，村长不知怎么知道了他这个打算，那两千块钱又起了变数。

一个太阳烧灼的下午，柏友拿着父亲的身份证去镇上的建筑公司领取补偿款。柏友穿过一条巷道，瞧见不远处的沙河，炎炎烈日下，河流像根闪亮的勺子柄。柏友拐上主街，脸颊上汗珠直冒，他出门时不肯戴草帽，他是个上高中的少年了，闻见自己身上的汗味才有些意思呐。柏友经过一个菜市场，有些小贩在打瞌睡，蔬菜也一副发蔫的样子。

建筑公司在镇子西边，柏友走进院子看见樟树下和走廊上都站着穿汗衫的民工，他们在用草帽给自己扇风，他们平常都戴草帽但都给晒得黑里透红又透亮。

"你也是来领工资的吗？"有个民工双手叉腰朝柏友一笑。

"不是。"柏友指一指主任室的门，"他们几点上班？"

"谁知道呢！说是一点，现在都快三点了。"

这时，一个男人从会计室拎着一只大瓷缸子走出来，他让瓷缸坐到木凳子上，一边大声招呼："王主任很快就来，大家再等一会儿，要喝凉茶这儿有。"

"这才像话嘛！"叉腰的民工说。

"还是会计懂味一点，他妈的，热死了！"几个民工走过去，他们又找会计要了纸杯。他们喝凉茶，喉结发出生气的响声。他们得先让主任开出条子，然后才能到会计这儿领钱。

"会计，你把钱直接发给我们吧！"先前叉腰的民工冲会计室里开玩笑。

"呵呵！我跟你们一样等得着急呐——"

会计脸颊上有好些小的"月球坑"，笑容显得像是装出来的。他也在流汗。

主任来了，他个子不高，有个秃得光光的头顶。他进屋、关上门，然后把小窗口打开，他把秃头往窗口一探，尖声说："排队领条子啦！拿好身份证！"

在太阳里排队，柏友的圆领衫片刻就湿得沾背了。他一勾头，额角就有汗珠啪嗒一声滴落到脚背上。前面几个上年岁的农民不识字，主任让他们在一张表格上按个手指印代替签名，有一个甚至把指印也按错了位置。主任直叹气：

"上回你也是这样！你呀，回家让你儿子仔细教教你！你儿子不是上高中了吗？"

"是啊，嗯，呵——"农民摸摸自己的胡髭，盯着条子看。

柏友说自己来领迁葬补偿款，主任从抽屉里找出另一张表格。柏友正要签字，看见父亲堂兄弟堂姐的名字也列在一块儿，他感到奇怪，他朝小窗里问：

"我要签四个名字吗？"

"不行，你只有一个身份证。"

"那——"

"你得有他们三个的身份证才能签字。"

"那我哪里有啊!他们都住在城里。"

"没有就不能签字,至少,也得有身份证复印件。"

"哦——那之前你们怎么没说?"

"公司里新下发的通知,现在告诉你不就行了吗?"

"……"

柏友稍一犹豫,主任说:

"要不你先领五百块,其他的让他们自己——"

"我爹会把钱分好给他们,我觉得——这跟你们没关系。"

"怎么没关系!你以为钱是随便发的?"主任脸上的肌肉僵成几块,一边把身份证递给柏友,要把表格换回去。

后面排队的人靠上前来。柏友离开窗口,瞧着手上的身份证发愣。

"你可以去找那边的会计问问情况。"那个按错手印的农民在旁边给柏友出了个主意。他指一指会计室。

会计正在摁计算器,然后数钱给民工。他听柏友说完才抬起那张坑洼脸,他想了一想,说:"还有这个通知?嗯,之前——之前好像不是这样啊。你再去跟主任说一说看能不能通融一下。"

柏友返回主任室,他挤到窗口说:

"王主任,会计说,之前没有这样的情况啊。"

"我说过了,新下发的通知。"主任一副厌恶的表情。

"那——我能看看通知文件吗?"

"你这孩子——你意思是我故意扣你钱,是吗?"

"我没这么说,可是,会计都不知道——"

"哪个王八会计说不知道你就去找他!"主任的嗓子突然变尖。

柏友离开窗口,他手心里全是汗。他朝会计室那儿望,领了钱的民工们在会计室门口数钱,也没人管那只茶桶的龙头在往地上流水。柏友再次挤到主任室窗口,他把下巴趴到窗台上说:

"王主任,您看,我那三位亲戚都住在城里,如果需要证件,我还得花时间、出车费,您能不能——"

"车费关我什么事?"

"可是,之前我们并不知道要这样啊?"

"我没工夫跟你啰嗦了。下一位!"

后面一位民工拍拍柏友的肩说柏友应当回去叫他爸来办。

"他爸来也是这么办!"主任说着又补充了一句:"就是他爷爷从坟里爬起来也一样!"

事情就从这句话开始。柏友只感到一股热浪将他推到主任室门口,他抬脚踢一下门,用膝盖撞门,又用手和肩去推,门猛地开了,眼前的情景让他感到惊讶:主任站在门口,一行鲜血正从他鼻子里流出来,鲜血让他的秃头更显得光亮。

"我流血啦!我要报案!"

"我只是想看看文件——"柏友觉得主任挥动胳膊的样子有点好笑,但他立刻就感到害怕了。一群工人围过来。

"谁帮我去叫警察?这里要出人命案啦!要死人啦!"

"我只是撞了门,门又撞到了——"

主任的尖嗓子将柏友的解释压了下去:"狗日的!我被个狗日的打出血啦!谁帮我去派出所喊警察?"

　　那个按错了手印的民工要搀扶主任,但主任一把推开他。

　　"王主任,您没事吧?"那个坑洼脸会计分开众人挤了进来。"王主任,让我看看。"会计把住主任的肩膀,有个民工将一把藤椅端到主任屁股后面,主任坐下来,仰着脖子骂天花板:"狗日的!谁给他这么大的狗胆打人?狗杂种——"

　　又有民工取下草帽替主任扇扇凉风。会计接过一条湿毛巾敷在主任脖颈上,又把另一条湿毛巾塞到主任手里让他擦擦脸。

　　"门框撞了一下——"

　　"流鼻血,不要紧。"

　　两个站在门边的民工还想多嘴,立刻,主任将手中抓成团的湿毛巾朝他们扔过去。"不要紧?你他妈的试试看?我年纪大了,我有心脏病,流一点血都会死人的,你懂不懂?"

　　那两个民工给骂得扭过头去。这时,有个脸上长痘痘的女人弯腰捡起地上的湿毛巾,接着招呼领工资的人都出去等一会。这女人脸上的痘痘和会计脸上的坑洼倒挺搭配呢,他们的嗓音听起来也像对夫妻,一个平静一个厚实。

　　"他妈的,这些狗日的,不识好歹——"

　　主任仍然头枕在椅背上叫骂,他说他担负着全镇最繁重的工作,却落得这般下场。"这些狗日的——"他的尖嗓子有点变软。

　　会计俯下脸提醒他:"王师傅,血止住了。您——再休息一会儿？"

主任突地记起了什么，他从藤椅上一弹而起："我要输血！我要去医院！"他握着拳头要往门口走。

"好吧，我先带您去诊所看看。"会计架起主任出门，经过柏友身边时他拍拍柏友的肩说："你也来吧。"

痘痘脸女人招呼领工资的民工都到外面的阴凉处再等一会、喝点凉茶，但还是有人生气地嚷着今下午一定要领到工资。

柏友觉得后面的人群在愤怒地盯着自己，太阳正旺，他的脚板心却有点发凉，伤人、赔钱，往常他以为只有二流子才干这些事呐。他跟在会计和主任后边走，双手交握着一遍遍数自己的手指。

沿樟树的阴影向南走出百来米就是诊所。

"医生！我流血啦！"

医生听到主任的呼喊迎到门口，他是个大胡子，他让主任坐下来，他用棉签蘸酒精将主任嘴边的血迹擦干净，然后，他带上听筒听主任的心跳。

"没什么问题。"医生说。

"我要去输血！"

"听我的，输血对你没好处。"医生俯下那部大胡子。

"我头晕，我要吊葡萄糖！"

医生回过头瞧一下会计和柏友。

"我要吊最好的葡萄糖！"主任补充道。

"医生,给他吊葡萄糖吧。"会计说。

医生让主任在诊所唯一的病床上躺下,主任蜷着腿躺下去,小床倒是挺适合他的。医生拿来一瓶葡萄糖在一个挂衣架上挂好。医生给主任插上针,主任痛苦得要死地哎哟一声,又在骂人:"狗日的,害得老子打吊针——"

医生叫主任安静下来,葡萄糖在流动了。

会计用他的肩膀别一下柏友。柏友去到诊所外边。会计随后走出来,他压低声调对柏友说:

"小伙子,太上火啦!"

"我只是,会计,我只是推推推门——"柏友有点结巴了。

"这事呢,也说不上多大。这样吧,你还是去拿那几个证件来,这儿的事,"他扭脸朝诊所里看一眼,"我看情况处理吧。你先放心去拿证件。"

就这样,这位好心的坑洼脸会计拍拍柏友的肩背,打发他去城里探亲。

2

大清早,柏友和父亲站在村口等待去城里的客车。这会儿公路上只偶尔看见一辆自行车或是一个扛锄头去干活的人。对面稻田里,露水让晨光显得特别柔和。柏友的父亲不免又要叮嘱一番,甚至担心儿子会因为脚不太干净而遭到保安的为难。柏友记得父亲曾多次提到金伯伯身边有特种兵紧紧跟随,这会儿又冒出来个保安,倒让他心里起了疑。

不过,村子里年纪稍大的人都记得柏友的这位金伯伯很不一般,他从小就有股出人头地的心劲儿,他长得瘦弱却坚持要跟随大人上山砍毛竹去卖,他还挑矿石去卖,夜里就着月光或是昏暗的煤油灯编草鞋去卖,他编完草鞋就读书写字,只有这时他才舍得把煤油灯的灯芯拨高一点点。他放牛时也不忘带一本书去读,因而他喂过的牛都特别忠厚老实。更重要的是,曾经有一个满脸皱纹的白胡子老爷爷不知从哪儿来,他盯着金伯伯看了半天,他说这孩子的额头宽大饱满真是很气派,老爷爷说完不知去了哪里,现在,老爷爷一定在电视里见过金伯伯,然后记起点什么。

柏友来到城里,天热,他从车上下来时有些迷糊,他走出汽车站才想起要把脸和脚都洗洗。他返回汽车站去找卫生间,发现那儿根本就没有水,他再次拧水龙头的时候,有个穿制服的男人在门口警惕地瞪着。柏友扭自己的脖子,这才注意到墙上写了红字:盗窃水龙头是违法犯罪。柏友挪一挪肩上的帆布背包走开了。

事实上,柏友看上去干净又斯文,瘦瘦的、理着平头、穿一件白衬衣。财政局大门口的保安稍加询问,就把局长的办公室窗口指给柏友看,并且嘱咐他敲门时一定要轻轻的,顶多就敲两三下。柏友走上楼去,门开着,女秘书让柏友在长沙发椅上坐下,她带着"我这会儿有重要事情"的眼神指一指门口的饮水机,柏友抿一抿嘴唇回了她一个"我从来不喝水"的微笑。女秘书在对着电脑打字,她背后是一个大窗户,阳光很亮因而柏友看不清她的脸,柏友只注意到她的腿伸过了桌子。突然,她笑了,伸手扶一扶水瓶里的几支丁香花,她在听里间一个男中音接电话。

"啊,不好意思,我昨天来上海了。哦,好的,没问题,只是我现在在上海。"

男中音挂了电话。女秘书站起来,显现出轻盈的身材。她踩在地毯上一点声音也没有。她推开里间的门说:"上海一点也不好玩哦——"

"乖乖,你就不能让我——"

柏友听见金伯伯把这个内地小城叫做上海,这本来就有点怪,接着他又听见金伯伯在用孩子一样的嗲音跟女秘书说话。因此,一会儿柏友看见金伯伯的额头根本不如他的肚子气派,柏友倒不觉得奇怪了。金伯伯一双手给驮在肚子上,手中抓着个叫"手机"的电话,乍看还以为是本厚字典呐。

"太忙了,你看,电话老响,一直找不出空时间,你能来看我太好啦,真是——"金伯伯把电话交给女秘书。"走,这就去宏源大酒店。"

"我吃过了,伯伯。"柏友记起父亲的嘱咐。

父亲让柏友把事情说个大概就走,不过他没料到柏友说的时候舌头有点打结。

"给我五百块,你爸的意思吗?"

"嗯。"

"你爸是个傻瓜！"金伯伯摸着肚子说。

"身份证，复印件就可以——"柏友用手比划一下。

"呵呵，你把我也当傻瓜啰！走，吃饭去！"

"不，我吃过了。"

"哈哈，看来，我们家尽出傻瓜啦！瘪着个肚子说自己吃饭了，像话吗？"

司机送他们穿过炎热的街道。有个跟金伯伯长得差不多的男人等在酒店门口，他和金伯伯互相拍肩膀时，两个大肚子先碰到了，他叫金伯伯的女秘书小雅，女秘书叫他方老板。方老板领着他们到酒店顶层的餐厅。光线柔和又清凉，他们订的餐桌靠窗，有棵雪松尖尖的树梢在窗外瞧着他们落座，瞧着金伯伯和方老板把两个大肚子塞到桌子下面。

"雪松可以长这么高呀！"小雅指给金伯伯看，可金伯伯正在接方老板的话：

"呵呵，他念高中了，今上午刚来看我。"

"啊，高中生了，真是一表人才。"方老板说着把一瓶橙汁递给柏友。

"我可不要橙汁哦——"小雅说。

"那给你倒白酒？"方老板逗她。

"我要——"小雅指方老板腰上挂着的手机。"我要你这个玩里边的游戏。"她嘟着嘴，很俏皮。

"好啊，不过，如果这回你还是没玩到两百分，你就等着罚酒吧。"

"那——过了两百分可就要奖励哦，上回只差一点了。"

就这样，小雅玩游戏，金伯伯和方老板谈公务，柏友则抿橙汁，不时看一眼窗外青翠的雪松，远处是一堵闪光的玻璃幕墙，阳光一条条都很炽烈，柏友坐在清凉的餐厅里，有点不敢相信它们呐。

他们吃饭。两个大人碰杯喝酒，金伯伯的额头比方老板的要平整一些，方老板则以厚大的耳垂见长，那耳垂在主人扭头的时候略略晃动。柏友吃鱼、吃羊排和他不清楚是什么肉的肉片。他正跟一根羊排较劲，突然，方老板摆动一下耳垂问他：

"小伙子，不怕你笑话，昨天我读到两句诗，我想啊想，就是记不起前两句了，你应当能记得。"

"哦，什么诗啊？"

"说是，'春风不度玉门关'什么的，嗯，我没读过什么书，你别笑我啊——"

柏友把另外三句告诉了他。方老板用酒杯碰了柏友喝橙汁的杯子向他道谢。柏友觉得自己的脸红了，还好，服务生送来了冰块，这下，小雅也要喝橙汁了，她倒上橙汁然后让一勺子冰块跌进杯子里。

"啊，我最喜欢冰。"她说。

柏友听见两个大人在谈建筑施工、成本核算什么的，他就只顾填饱肚子了,那种叫不出名字的肉片让他的胃感觉甜甜的。柏友放下碗筷时,发现金伯伯在说自己的叔叔、也就是柏友的叔爷爷那阵子怎样当上了副团长,说起来,这位方老板也有一位给国民党当过兵的叔叔。

"我叔叔没当官,只是个普通士兵。"

"我叔叔先读了军校,然后才——"金伯伯在摸肚子。

"哦,军校就是不一样。我叔叔没念过。"方老板用餐巾抹了一下嘴上的油。

"我叔叔记忆力好,毛笔字写得真带劲,家里还有一本他留下的字帖呢,是吧,柏友?"

"我叔叔可什么也没留下。看来,您的字写得带劲是有家学渊源的呀!"

"呵呵。我叔叔特爱干净,我那时候小,记得他晚上睡觉要戴发网,怕头发乱了不好梳。他面目生得好,浓眉大眼的——"

"您也长得帅呀,是不是,小雅?"

"我不知道。"小雅歪着细长脖子玩游戏。

"这可要罚酒啦,哪有说领导长得不帅的道理。"

但小雅还是不理方老板。

"呃,你叔叔后来去台湾了吗?"金伯伯在剔牙,他的嘴阔,可以剔到最偏僻的角落。

"没呢,回家种田了,老实巴交的。"

"我叔叔倒是打算去,可没赶上飞机。"

"哦,可惜了,要是去了那边的话——"

"他没赶上飞机,当时是因为他挂念自己的小老婆,回来探了一下亲,结果耽误了时间。"

"哦,那太可惜了。不过,您叔叔真不错,还有小老婆呐!"

"有两个小老婆。"

"这点也比我叔叔强多了。"

"呵呵,那时候的男人都——"

"来,为我们男人过去的好时代干杯!"方老板等金伯伯端起杯子,又转脸对小雅说:"小雅,来,我们四个一起碰杯好吗?"

"不。你们这是在为男人的好时代干杯。"

"哈哈——来,小伙子,我们——"

柏友不得不端起饮料杯跟两个大人一块碰了。

"那时候男人差不多都有个三妻四妾。"金伯伯放下杯子。

"是啊,一妻一妾还没达到平均水平。"

"三妻四妾也只算平均水平呐,说是一个茶壶配几个茶杯,还是这句话经典,袁世凯说的吧?我记得好像是。"

"嗯,是的。"

柏友看窗外的雪松树梢,树梢又尖又细,好像那是窗台上一棵刚出土的盆栽小树。

"哎呀,两百了,你看,两百分了。"小雅把手机举起来给方老板看。

"呵呵,意思是要我奖励啰?"

"当然啦,这可是你一开始定的规矩哟。"她嘬起小嘴说。

"方老板你别惯坏了她。"金伯伯又笑着摸肚子。

但是,方老板在翻自己的皮夹了,他掏出一个红包递给小雅,接着又掏出一个递给柏友。

"小伙子,这是你的。"

"啊,不不。"柏友把红包推回去,他看着金伯伯。

"方老板哪有这么多红包哦,别这么客气。"

"人家说一字千金,金局长您侄子刚才告诉我一首诗,我哪能这么不懂味呢?拿着吧,再说,小伙子,这是我们第一次见面,理所应当。"

方老板把红包塞到柏友的衬衣口袋里。柏友看见金伯伯在张嘴笑,他感到自己的嘴也越咧越开,脸颊给笑容挤得生痛。还好,不一会就告别了。

柏友坐到副驾驶的位置,牛仔包搁在腿上,他要掏红包递给金伯伯,但金伯伯正遭受莫名的攻击:小雅在用一对小拳头捶打金伯伯圆滚滚的胳膊。

"怎么啦,你?"金伯伯低头问小雅。

小雅没回答,只是捶打,直捶到十字路口的绿灯亮了,她才说话:

"你们刚才说三妻四妾是什么意思?"

"没什么意思。"

"可我听出意思来了。"

"你听出什么意思来了？"

"……"

"嗯？"

"你说呢？"

"我不知道。"

"你不可能不知道。"

"好吧，你说我知道我就知道。行了吧，嗯？"

"不行！"她的小拳头又捶了一下。

"那你说吧，你想——"

"我不再要听什么妻呀妾呀这一套，谁愿意当妾谁当去。"

"谁？"

"你别想装糊涂！"

"刚才我们只是说以前的男人都那样啊。"

"你家祖上的男人都有妻有妾，很了不起呀！"

"你这么说我可要生气啦！"

"……"她把身子扭向车窗这边了，她在对窗玻璃呼气。

"别生气，好吗？我们都不生气，噢——"

小雅叫司机停车。

"你要去逛商场，是吗？我帮你拿包，行了吧？"金伯伯说完用一双手把小雅的身子扭向了他这边。金伯伯吩咐司机把柏友送到柏友的宝叔叔那儿去，他跟柏友道别，说无论遇上什么麻烦只管给他打个电话，他一只手握着电话，一只手搂着女秘书的腰,根本没有可能再接柏友的红包。他关上车门,用胖肚子顶着女秘书走上凉爽的林荫道。街边,一个怕热的男人弯着身子把一瓶水往头顶上淋,司机说他真担心后视镜把这人的脑袋刮下来带走。柏友笑了,觉得这司机是个厚道踏实的人,于是,柏友托付他将红包转交给金伯伯。

3

柏友的父亲跟柏友交代过,千万别用"我们农村的时间"来看待宝叔叔的时间,宝叔叔每一天都会成交一笔上万块的生意,柏友的父亲说"上万块"的时候,把嗓音压低,还特地瞄了瞄空荡荡的公路上是否有人听见。柏友也望一眼公路对面的稻田,原来是水稻叶梢上的露珠在盯着他们父子俩。

柏友的父亲已经好些年没见过宝叔叔了,他只是听叶子姑妈说过,宝叔叔跟"全国上下的人"做生意,贩运东北林区的珍贵药材,也搜罗西南少数民族的金银饰品,小到一个瓷器杯子,大到十几节火车皮的铁矿铜矿。事实上,宝叔叔发财的故事,叶子姑妈也是听她自己的儿子阿坤说的。柏友的父亲说叶子姑妈和他一样都特别害怕耽误有钱人的时间。叶子姑妈还告诉过柏友的父亲,宝叔叔在城里买下了三幢楼房,三座楼围成一个小院子,这院子有自己的四季,夏天凉爽着,冬天暖和着。

这一来,柏友的父亲又责备柏友穿的衬衣不是长袖子的,宝

鹅与野猪、山鬼

叔叔家里一定到处是空调，空调送出来的冷气刚一吹你可能会觉得挺来神的，但紧跟着的就是感冒。柏友曾经在伏天里害过一次感冒，他还清楚地记得浑身像给铁衣罩住了一般的难受劲儿。柏友的父亲再一次提醒柏友去宝叔叔家要把脚冲洗干净，每进一个房间都得换鞋，连院子里都可能铺有地毯。

还好，柏友走进宝叔叔的院子，没看到地毯，一开始他也没认出宝叔叔，因为他正背对院门口，双手伸展挡在一辆小货车前面，他抬脚踢车轮，好像是汽车挡住了他。宝叔叔额上有一绺头发朝上支着，他的脸颊却往下垂到了嘴角边，他在生气。有个腿长脖子长的男人打开驾驶室的车门走下来，他穿着横条纹的圆领衫，看上去像匹斑马。

"你要是说个正经道理，我还有可能给你钱。"斑马男人站在宝叔叔面前，他把圆领衫的下摆往上一卷露出肚脐。他也在生气。

"道理跟你说得很清楚了。"宝叔叔一只手扶住车厢盖。

"你那叫什么道理！小孩子都——"斑马男人看见了柏友，他说："小伙子，你听听，我不租他的房子了，我搬走，他就买把新锁来换上，你说这买锁的钱该不该我出？"

"你不搬走我会换锁吗？"宝叔叔说。

"有这么讲道理的吗？小伙子，你说，这是不是好笑？"

柏友没吱声。这是他的宝叔叔，但他希望宝叔叔眼下不会认出他来。他看见车厢里一只床垫斜斜立着，驾驶室还有个男人，是司机。

"算了,给一半钱吧,"司机探出头来打圆场。"宝师傅,一人出一半好吧?来,这是二十块,我们不耽误您了,您也别耽误我们,大家都是做生意的,和气生财,好聚好散嘛!您看,这都耽误多久了!今下午我还得赶往其他地方,来,给您——"

司机从车窗里伸长手臂。宝叔叔挪动步子靠近那二十块钱,一边咕哝着:"你们这些家伙啊!"宝叔叔接过钱。斑马男人气呼呼地上了车,车开出院门、拐弯,那张床垫擦着了墙壁,宝叔叔正要前去查看擦痕,柏友叫住了他。

"什么?柏友?唔,啊,你长这么高啦,柏友!"宝叔叔跛了一下右脚,柏友忙接住他的胳膊。

"你来得正好,你扶我上楼去。唉,你宝叔叔老啦,别人可以随便欺负他,喝他的血——"

大热天,宝叔叔竟然穿着棉拖鞋。上了几步楼梯,柏友把帆布包提到手里好腾出背来背宝叔叔,可宝叔叔只需要搀扶,还有倾听。他跟柏友说照顾这么多租户真够累的,身体累还在其次,心累是主要的,像刚才,你得防着人家搬走时配了钥匙带走,不换锁万万不行,要不,下一任租户住进来没两天就得找你麻烦,说他有什么特别稀罕的东西给偷走了,而他们可能把任何超过一百块钱的东西都说成是黄金做的。他患风湿、爬楼不方便,可为了照看租户们,还只能住在最高的三层楼上,他上下楼梯的时候,棉拖鞋一不留神就给绊掉了、溜下了楼梯,如果他要叫个人帮帮忙呢,得张口喊到假牙都落了才会有人过来。他们,租户们,一心想看他的笑话……

柏友没想到宝叔叔只住一间屋子,靠门是一张床,窗户边是一张桌子和两把椅子,房中间倒是有一台电视机。

"茶在那儿。"宝叔叔指一指电视机上的玻璃茶壶。

柏友倒了两杯茶,叔侄俩坐到窗户那儿去。这是三层楼上,可以望见市中心的大楼,可以俯视楼下的院子。太阳有点偏了,柏友面前的桌子铺上了一层午后的炎热干燥。他喝茶,他感到汗水顺着背脊流。

宝叔叔喝茶时,柏友看见了他的假牙,看见他喘气的样子像一只给雨淋透了的鸟。

柏友等宝叔叔喝了半杯茶,他就开始说叔祖父迁葬的事,他刚说到这是建筑公司的错,宝叔叔却朝他摆一下宽厚的手掌,接着指一指窗外,从院子里升上来一下哐当声,有人用脚踢了门。宝叔叔一手攀住窗台一手撑在桌上,他站起来,他趴到窗台上朝阴凉的院子里看,阳光晒着他肥嘟嘟的脸颊。

"是谁呀?"他朝下面喊,"刚才谁踢门?205,你踢门干什么?你没长手啊?!"

宝叔叔抻着腰身,柏友看见他裤腰上有根红色塑料绳子,就是那种用来捆各种杂物的一块钱一大卷的绳子。柏友又打量一下房间里简单的摆设才敢相信那种绳子也可以用作腰带。

宝叔叔坐下来,他双手伸到桌子下,他拉开一个小抽屉,摸出一个装卡片的纸盒和一支圆珠笔。"205,205——"他念叨着找到了那张属于205号房间的卡片。"今天是几号来着？16号？"

"17号。"柏友不明白他要干什么。

"17号，下午两点，"他扭头看墙上的挂钟，"一点四十九，踢门。"宝叔叔给踢门的人记了一笔。柏友加了点茶，瞧着远处的高楼大厦告诉自己这儿是城市。

"宝叔叔记忆力也不好了，"宝叔叔把卡片放进纸盒。"他们这些人，转背就会不承认。俗话说，人心如鬼，侄子啊，你踏上社会就知道了，人心啊，最复杂。你刚才说的这个叔爷爷，也就是我的叔叔，原来就是吃了小人的亏才弄到后来给枪毙的。"

"哦——"柏友瞧着宝叔叔的脸，额上那绺支着的头发被宝叔叔抹弯了。

"他原来当兵，当了营长什么的——"

"嗯，这我爸跟我说过。"

"他有本事，可是他不谨慎，他以为凭本事就可以一路混得很好。他上司过生日，他不送礼，就送一副对联，光光的一副对联，当然，他的毛笔字是写得好。"

"后来呢？"

"后来，上司就给他小鞋穿，他呢，又当着朋友的面抱怨上司，这一来不就坏事了嘛，轻信朋友，这不是不相信自己、害自己吗？谨慎，"宝叔叔举起手掌像要发誓，"谨慎总没有坏处。"

柏友问叔爷爷后来为什么没能逃到台湾去，但宝叔叔让他听外面的动静。有个小孩在哼哼呀呀地唱歌，一边用一块木片什么的敲打走廊上的铁栏杆。

宝叔叔又趴到窗台上,把脸伸进酷热的阳光里,他又急又气,差点忘了托住嘴里的假牙。

"你是谁家的呀?"宝叔叔捂着下巴朝院子里喊话:"你个兔崽子!栏杆是给你敲着玩的呀?你爸妈教过你吗?让你爸妈出来!我昨天还跟你说过——"宝叔叔放低了声音,"这兔崽子,躲进屋里去了。"

宝叔叔挪开茶杯,开始翻纸盒里的卡片。

"203,砸栏杆,一点五十七分,小孩砸栏杆。"他在卡片上记下了。"把房子租给带小孩的家庭,就是特别闹心。当初租房的时候,他们会跟你说尽了好话,左一个保证右一个保证——"

那小孩又在下面唱歌,他唱的是"两只老虎",不过这回不再给自己伴奏了。

宝叔叔用湿毛巾擦脸颊和脖子。

"你刚才说建筑公司怎么着?柏友。"

"哦,他们出了迁葬费,另外还有两千块的补偿款。我爸说我们一共四家人,每家五百块,不过需要身份证复印件。"柏友不想多说话了。

"补偿款两千块?"

"是的。"柏友看着茶杯。

"我敢肯定,建筑公司杀了你们的黑,他们会找当官的帮他们,比如说你们的村长啊——"

"是的。"柏友第一次注视宝叔叔的眼睛。

"我就知道,他们总是把农民不当人。你出生在农村,我也出生在农村,得提防别人欺负,也就是我说的,始终要相信自己,时时要谨慎!"宝叔叔布满纹路的手掌再一次竖起来。

"……"

"你确定拿身份证复印件就可以吗?"

"嗯,我爸说,领到钱就从邮局寄过来,所以您还要给我写一下地址。"

"我的地址?"

"嗯。"

"地址,地址,我想想——"宝叔叔开始想事情。

柏友还以为宝叔叔竟然记不起这地方的地址了。宝叔叔想了一会儿说:"这样吧,我明天跟你去一趟乡下,我正好去给祖辈们上坟、烧点纸,托他们的福,我的日子还过得去。我几次梦见他们,没想到我离开老家这么久了还记起了以前的事,以前,我们可是个大家族呀!"

柏友喝茶,同时看着宝叔叔的茶杯里有一片茶叶在下沉。

"又来了。"宝叔叔把左手环在耳朵上,他在仔细听。

柏友没听到什么,小孩也没在唱歌了。宝叔叔站起身朝下喊:"衣服怎么不拧干水就晾出来呀?我说过多少次了?"

"宝叔,就一块衬衣,一拧水衣服会起皱的。"有个妇女向上回话。

"起皱也得拧水,要是让人滑一跤摔断了腿怎么办?"

"我这有个盆在衣服下面接着呢,再说这儿是走廊尽头,就我自己房门口,不会有人过来的。"

"万一有人过来呢!你就不怕万一?"宝叔叔那只没保护假牙的手在阳光里挥了好几圈。

"那好吧,我再移到里边一点。"那妇女似乎笑了一声。

"那更不行!"宝叔叔握着拳头挥了一圈。

"……"

"水会溅到墙角里,那儿没阳光,一下雨靠得住会长青苔,青苔一长,那我这墙皮靠得住会一块块掉下来!"

"好吧,宝叔,我拧干。"那妇女咯咯地笑了。她还以为这一笑,宝叔叔就不会在卡片上记下她的过错呢。

宝叔叔坐下来,翻卡片,瞧挂钟,写字。

柏友也看一下挂钟,然后跟宝叔叔约好第二天上午在汽车站碰头的时间。他拎起帆布包,他不让宝叔叔起身送他。他真不忍心看到宝叔叔跛着腿的样子,还有他的棉拖鞋。

4

只有在说到叶子姑妈时,柏友的父亲才没提让柏友洗干净脚的事。太阳升高了一两拃,路边又多了两个等车的人,一对老夫妇。柏友的父亲跟他们打过招呼,然后回头跟柏友说叶子姑妈也像这个老婆婆一样年纪大了,要注意别太给她家添麻烦,她做饭时柏友得帮着择菜,吃完饭得帮着洗碗,柏友还可以多向坤表哥请教学习上的事,坤表哥去年来过这儿,听他谈话就知道他的知识"学得很宽广",而且他特别孝顺叶子姑妈,他刚参加工作,可他给姑妈攒下好大一笔钱了。

"这样的年轻人现在真是少见啦!"旁边的老婆婆扶着她丈夫的胳膊感叹道。

"是啊!"柏友的父亲说。

"如今的年轻人,花起钱来呀,好像隔天准能捡到宝一样。"老婆婆又感叹了一声。

客车来了。柏友的父亲又问柏友是否记牢了地址,柏友说记着呢。父亲可能觉察到柏友有点不耐烦,他就补充说叶子姑妈家在老工厂区,那儿的路跟棋盘一样复杂。

柏友乘车去老工厂区找叶子姑妈,发现工厂区的楼房一模一样,而且楼房前都有一段一模一样的水泥斜坡通往街道。柏友去问报刊亭卖报的老头,又发现自己半小时前已经向他问过路了,老头还以为柏友想捉弄他呢。

下午的太阳没见了,几朵深灰色的云在往什么地方赶路。柏友最后是瞧着天空的烟囱找到姑妈家去的,一幢没有阳台只有过道的老楼,过道尽头是公共卫生间,门口挂着块布帘。柏友闻到了尿臊味,同时听见一个嗓音高亢的女人在念一长串蔬菜的名字和价格。柏友上到二层,向右拐一下就看到了叶子姑妈。姑妈坐在客厅里用铅笔写字,桌上除了收音机还有一台小电扇,这会儿收音机里换了位浑厚的男中音在念本周打特价的水果。

柏友叫了声姑妈,他感觉自己的嗓子又干又累,柏友叫第二声,姑妈只瞪了他一眼又忙着埋头记录。这时,一个年轻人从里屋出来朝他摆手,是坤表哥。

"别打扰她。"坤表哥说完认出了柏友,"我还以为——嗯,先到我屋里坐,等姑妈听完这个节目。"

柏友在坤表哥的卧室里坐下,房间里环绕着明星和摩托车的挂历画,但还是看得出有些地方的墙漆剥落了。表哥端来一杯凉茶。

"估计你姑妈是把你当成了我的朋友,她对我的朋友们看不顺眼。"表哥把柏友的帆布包放到桌上,桌面也蒙着挂历画,帆布包坐住了女明星的笑脸。客厅里,那一对男女又念起了超市里打特价的日用商品,让人觉得这幢屋子里堆满了东西。事实上,表哥的卧室本来就乱糟糟的。

"你都上高一啦!"

"嗯。"柏友看着表哥坐在一个篮球上有点打晃。

"学校还在小镇上?"

"是啊,温泉镇。"

"温泉镇应当算个大镇子了。你抽烟吗?"

"哦,不。"

"嗯,我其实——从不在家里抽烟。"

坤表哥笑的时候，浓浓的"一"字眉挤压眼皮，眼皮拱起来，看上去像是用橡皮泥捏成的了。

"你们镇上的年轻人一般都玩什么？"表哥手上多了几个曲别针在摆。

"这我倒没注意过。嗯，好像新修了个溜冰场。"

"这儿只有小孩子们溜冰了。唱歌的歌厅有吗？"

"好像——没有。"

"游戏厅、酒吧呢？不过，这些地方我也不怎么去，你姑妈说那些地方全是痞子，不让我去。呵呵，你姑妈呀，她总认为年轻人染了头发就是痞子，加上她耳朵也不太好——"

表哥顺手从旁边的纸箱里摸出个乒乓球，然后，让它在自己的左手和右手之间来回跃腾。他们听见那个女高音在念几种洗衣粉的牌子。

"她担心，"坤表哥朝客厅里努了努嘴，"除了听收音机，她一天到晚都在担心。"

"担心什么？"

"担心我呗。她有一回梦见我吃了枪子，说跟那位叔外公一样——"

"是说我那个被枪毙的叔爷爷吗？"

"是的，是你姑妈的叔叔。"

于是，柏友就此说了迁葬补偿款的事。

"你爸妈太老实啦！这年头，就数老实最不值价了。"

"……"

"对了,身份证复印件就可以吗?"乒乓球掉在地上跳到床底下去了。

"是的,还有邮政地址。"

"哦,那没问题。你还要喝茶吗?"

外面,收音机里那对男女说了"下次节目再会"。

表哥站起来,篮球跟着滚到了柏友脚边。他们一块儿去到客厅。

"柏友来了,知道吧?柏友!"表哥冲姑妈喊。

"哦——柏友——"姑妈盯着柏友,一边用右手食指的指关节揉太阳穴,然后,她拍拍柏友的背:"啊,柏友!你怎么来啦?你长这么大啦!"

姑妈一只手在擦眼睛,她说:"我一连几天梦见我们家的老房子,我就知道会——"

她说的老房子在柏友出生前就拆掉了,那儿现在是一片水库养着活泼泼的鱼。姑妈一哭,柏友倒感觉自己是这儿的主人了,他扶姑妈坐下。表哥告诉姑妈得趁着没下雨去买点好菜来。屋外,先前到来的灰云已经聚集,后赶到的灰云只好待在低处,离楼顶很近。

姑妈掏出个折叠的塑料袋,她拿出五十块钱递给表哥说:"买肉你别去那个小超市,买鱼你可以去那儿,买鱼你别让他们刮鱼鳞什么的,那是要收手工费的——快去快回,别让我担心得打起嗝来！"

柏友早就听父亲说过，叶子姑妈只要一感到担心就会打嗝，说起来，这还是叔爷爷给枪毙时落下的毛病，那时候叶子姑妈也就十来岁，她负责将一碗鸡汤递到监狱里，可叔爷爷尝了一口就不肯喝了，姑妈急得直哭，并且打起了嗝。

柏友担心迁葬补偿款的事也会惹得姑妈打嗝，还好，姑妈听了倒是眯起皱纹露出了笑容。她去厨房端来一盘桃子。

"跟你爸说，姑妈一点也不穷，"姑妈的笑容消失了，脸上只剩下皱纹。"姑妈是城里人，比他在农村种田好得多。"

"可是我爸说——"

"不，我不要钱，就跟你爸说这钱会让我一天到晚打嗝的。对了，你爸现在种几亩田？"

"三四亩。"

"嗯，还是种田好。"

"……"柏友没吃桃子了，她望着姑妈，怀疑自己的耳朵也有问题了。

"农村好，山清水秀的，空气新鲜，就算有什么细菌呀瘟病呀，风一吹就能吹个不见了，不像城里，人密密麻麻的，风一吹反而传染了。你再吃一个桃子，我去做饭。"

在厨房里，柏友帮姑妈择香葱、洗香葱。她大声跟姑妈说话，姑妈倒是提醒他这厨房小、有回音，可当他放低嗓子，又觉得姑妈根本没听他说话，她只顾着说自己的。

"我们家祖上，光房间就有六七十间。"

"嗯，我听说过，房屋连成片。"柏友又想到那个波光清亮的水库。

"我们家有五个长工，还有女佣人照顾我。"

"哦？"

"我小小年纪特爱干净，每天早上梳头要半个时辰，佣人开始不乐意，后来她自己也每天梳洗。"

"哦。"

"我们家的人都爱干净，你这位叔爷爷也爱干净。"

"嗯，我听金伯伯说过。"

"他做生意也好、后来当兵也好，总是收拾得利利落落，他待人爽快，他有很多朋友，这一点啊，阿坤很像他，结了一群痞子朋友，阿坤的眉毛长得也像他，所以呢，我常常担心。原本，我打嗝的毛病是治好了十多年的——"

"哦。"

这时，雨点从天上扑下来，打在栀子树肥厚的叶片上啪嗒有声，厨房的一扇窗玻璃坏了，姑妈拿一块硬纸板挡上去，然后，姑妈开始打起嗝来，柏友一开始觉得是雨点敲在纸板上响。

"我一担心，心就悬起来阻住了气管，就引起打嗝了，呃——"姑妈捂住了胸口。

姑妈的担心还真没错，因为坤表哥买菜一直没回来。姑妈打着嗝做了个青椒煎鸡蛋，她把鸡蛋一整个儿盖在了柏友的饭碗上。她嘱咐柏友多吃点,她自己则什么也不吃,她边喝茶边打嗝。柏友吃完了,姑妈打着嗝刷洗碗筷,"呃"声好些次盖过了碗具的碰撞声。打嗝,加上外面下雨,这天晚上姑妈没法跟柏友说话了。她又端出一盘桃子让柏友吃,她打开收音机让柏友听,音乐给"呃"声分成了一小段一小段。然后,姑妈用"呃"声把柏友送入了梦乡。

第二天早上,叶子姑妈打着嗝把柏友送上去汽车站的公交车,柏友还有点遗憾没跟坤表哥道别呐。没料到坤表哥在汽车站迎接他。

坤表哥紧搂着柏友的肩,好像他跟柏友分别了好多年。

"呃,那个,补偿款,姑妈怎么说的?"

"姑妈不肯要。"

"哦——那是因为,她的身份证在我这儿。你看,"他递给柏友一张纸,"这是身份证复印件,地址,汇款地址,在背面。"他帮着把柏友手中的纸翻转过来。

"这个地址——"柏友似乎听见了姑妈的打嗝声。

"没问题,这个地址没问题。这地址——省得你姑妈担心。你姑妈她没事就担心,真让人受不了。"

"是啊,她昨晚上一直打嗝。"

"昨晚上我被朋友拉去聚会去了,我这就赶回去看看,没事的。嗯,下回来城里,我带你好好玩一下。"他抬起手腕看电子表,"我要赶时间啦,我还得去上班,我原本打算送你进站的——"

"不用啦，你忙自己的事去吧。"

"那我先走啦，再见啦！"坤表哥笑着挤一挤眉毛，把手从柏友肩上拿开。

柏友瞧着纸上那陌生的地址发愣，又有一只手搭到他肩上，是宝叔叔，宝叔叔另一只手拄着拐杖。

"刚才来送你的是阿坤吗？"宝叔叔问。

"是的。"

"我看看——"宝叔叔嘟起脸颊拿过柏友手中的纸页，他盯着那个地址。"这骗子的字还写得有模有样呢！"

宝叔叔将纸撕成了几片，一把扔进积水坑里。

"这骗子！给他钱就是害他。去年跑到我那儿，骗了我一千块去那个什么游戏厅赌掉了，一千块！听我的，别相信这骗子！"宝叔叔举起手掌跟柏友解释。

一辆去温泉镇的汽车摇摇摆摆地开过水坑。柏友正要呼唤司机停车，宝叔叔扯住了他的胳膊。原来，情况有变，宝叔叔不打算去乡下了，因为昨晚上下了大雨，如果今天再下雨，宝叔叔院子里的下水道就特别容易堵塞，这时候要是没人随时提醒租户们别把菜叶子什么的冲进下水道，院子准变成一个能淹死人的湖。"危险！"宝叔叔说着用手杖顿了一下路面。宝叔叔吩咐柏友去给他叫一辆出租车，他要尽快赶回危机四伏的院子。

5

柏友那位四十多年前过世的叔爷爷是个特别爱美的年轻人,他的衣服穿得利利索索的,又利索又干净,他坐椅子,总是要拍一拍椅子上的灰尘再坐下去,他站起身,总是要先把前后左右的衣摆拉直然后再迈开步子。他晚上睡觉时戴着发网,就算这样,早上起床后也得花半个时辰梳头发。这在柏友听来未免有点女孩子气,或者觉得那时候的人都有用不完的时间。事实上,这位先辈才活了二十来岁,因为不乐意家里人给他安排婚姻,他跟着另外几个同乡的年轻人跑出去当了兵。没多久他成了俘虏,被枪毙了。

这位叔爷爷没有结婚、没有子嗣,四十多年后,这给柏友家带来了一个小麻烦,柏友得去城里找这位叔爷爷的另外三个侄辈,好让他们领取一笔迁葬补偿款。那三位侄辈听说自己叔叔的坟墓被建筑公司不小心挖动了,都认为柏友的父亲太老实巴交,两千块钱在城里真的上不了什么台面呐,因此,他们一个个都不想领取各自的五百块了。

柏友的父亲平时很少跟堂兄弟堂姐联系,他每天要在田间地头忙很多事,他打发柏友上城里去,却又担心这担心那。不过,他倒是不担心柏友拿不到他们的身份证复印件,因为迁葬的事原本就让他觉得对不起死去几十年的先辈,自己和堂亲们再得一笔补偿款就更是罪过了。

柏友从城里回来,他对父亲说那一千五百块的补偿款怕是要

鹅与野猪、山鬼

落空了。他以为父亲准会责怪他，没有责怪，父亲说落空了就让它落空去吧，又说他约好了一辆拖拉机第二天送他去镇上卖稻谷，顺便去领取自家那五百块补偿款。

柏友和父亲坐着拖拉机到镇上去，五个装满稻谷的麻袋鼓鼓地躺在他们中间。拖拉机绕过一个小水库，司机指着路边一个残缺的山嘴说："他妈的！他们又在这儿挖土啦！"建筑公司挖出的这个山嘴模样古怪像要吃人，柏友不免对自己又得跟那位主任打交道感到心里一沉，好在父亲对那场纠纷并不知情，而等会儿父亲要去的粮食收购站在镇子东边，这样，柏友打算一直将他蒙在鼓里。柏友瞧一眼戴草帽的父亲，草帽的阴影让他黝黑的脸膛显不出什么表情。柏友和父亲一块儿瞧着司机摆动方向盘。拖拉机在太阳下颠簸，下过了雨，可阳光还是很有劲道。

柏友独自去镇子东边的建筑公司，他走进院门的时候抬起脖颈，在心里提醒自己得装作以前从没来过这儿的样子。一辆黑亮的轿车停在樟树下，但整幢办公楼的门都关着。树上有鸟雀在跳，接着柏友听见哪儿传来啜茶的呵呵声，正是主任室。

主任是个矮小的人，他倒是有一个高得不成比例的茶杯。他在读报纸，看见柏友进来他就放了报纸又开始喝茶。他一下子就认出了柏友。

"证件带齐了吗？"

"没有。"

"……"主任把茶杯搁到跷起的腿上，杯沿快碰着脸了。

"我就领我爸那份——"柏友从裤兜里掏出身份证。

"你认识我们彭经理吗？"

"彭经理？不认识——我就领自己家那份，我有证件。"

"我们彭经理说想认识你——"

"我就领那五百块，这是证件。"

"我们彭经理想让你去经理办公室一趟。"

"……"柏友愣愣地看着主任的秃顶，一双手搓着身份证。

"经理办公室在楼上——嗯，别这么死盯着我了，去吧。"

主任一挥手，茶水晃荡到地上了，不过他没有不高兴的样子。柏友只好出门，踏上楼梯，他整了整运动衫的衣领，他在想上回主任去诊所的医药费，他嘱咐自己要记牢"我只是撞了一下门"。

彭经理其实是副经理，是个略略过了中年但看上去还是中年的妇女，她丈夫才是建筑公司真正的头儿，可他很少有时间坐在办公室里，也很少有心思处理涉及金额少于十万块的杂事。

彭经理梳着短发，耳垂上有一枚深蓝色的耳钻，短发生长到哪儿似乎由它界定。她处理杂事干练又细致，她能看清公司内部人事网络的每一个纠结点并尽力将它们理个顺溜。大前天，她看到会计驾着主任去诊所，还以为暗中较劲的他俩直接动起了武。主任从诊所回来后拿了迁葬补偿的名册把"凶手"的父亲和叔爷爷指给她看。现在，"凶手"就站在她的檀木办公桌边，还是挺单薄的一个少年呐。她让他先在椅子上坐下，她正在看一份后勤采购表，不时批上一句意见。她写字的时候，食指长长的绿指甲也在纸页上划动,她合上文案,一边问柏友的叔爷爷的名字。

"我那天只是,"柏友站起身补上这句,"只是撞了一下门——"

"你叔爷爷原来在国民党当过兵吧?"

"嗯,是的。我今天就领自己家的五百块。"柏友瞧着她的脸,她的脸很白。窗外阳光明亮,麻雀在院子里闲闲地叫两三声。

她的丹凤眼向下乜斜,她拉开桌子中间那个抽屉,她拿出一本台历一样的东西翻找着什么。"这儿,你看——"她眼睛往上一探,示意柏友站到桌边去。原来是一本相册,她的绿指甲歇在一张黑白照片上,柏友看见四个穿军装的年轻人站成一排,他们背后是远远的山峦和天空,他们在绿指甲的映衬下更加朝气蓬勃。

"这是我爸,"绿指甲指着笑得最夸张的那位军人说。"他们四个当年结伴出去当兵,就在这当中,你叔爷爷,你觉得是哪一位?"

柏友支着桌子弯下脖颈,他吸了口气,他想起金伯伯的宽额头,可这三个军人中有两个的额头都宽得像一亩田;他眼前浮现出宝叔叔肉嘟嘟的婴儿脸,可照片上就没一个人称得上不瘦的;他记起坤表哥浓浓的直眉,照片上眉毛最浓最直的却是这位经理的父亲。

"我觉得,这个人的耳朵跟你有点像。"经理的丹凤眼往上一扬。

"哦,我耳朵有点像我爸。"柏友挠挠额角。

"我爸以前跟我说过,我只记住了他这三位战友的名字,但根本分不清——唉——"

落空的补偿

"……"

"我爸去年在台湾过世了。六年前回来的时候，他去找过这三位老战友，当时就听说你叔爷爷死了几十年了。"

"嗯，是的。"

"这两个也都死了，"绿指甲歇在那个帽檐高扬的年轻人的脸上。"应当是他，他儿子你们学生应当知道，是温泉镇教育科的科长，眼皮这儿——"

"有颗痣，是吧？"

"对，他姓蔡。"

柏友记得这颗痣是因为它长得像个错别字。有一年开学典礼，这位蔡科长带着报告来给同学们加油鼓劲。他念报告，当他希望孩子们鼓掌，他会意味深长地来个停顿。柏友坐在前排，他看出这蔡科长眨一下大眼睛时也显得意味深长，因为他左眼皮上有颗围棋子一样的黑痣。接着，大家就听见蔡科长说他期望同学们努力学习突破"狭益"的视野。还在上小学二年级的时候吧，柏友就学过"狭隘"而不是"狭益"，当然，其他孩子也早过了小学二年级。一会儿，蔡科长念完报告也坐到台下，有位平日爱出风头的小胖子替大伙儿指出了那个读错了的字，小胖子还以为自己准得到表扬呢。蔡科长合一下眼皮说："小朋友，你学过多音字吗？多音字，就是这个字可以这么读，也可以那么读。"这天回到教室，小胖子马上来借柏友的字典，又怪柏友的字典不够厚，柏友和他一块儿去图书室抬一本厚字典查起来。柏友记得他们查完字典后笑得多厉害呀,小胖子说他的肠子都打结了无法吃东西。之后,这位蔡科长再来学校,柏友就觉得他的报告一点也不意味深长了。

这会儿柏友瞧着照片上四个年轻人在笑,他们似乎也刚刚听说了那个错别字的故事。

"嗯,我知道这位蔡科长,他给我们作过报告。"柏友抿起嘴角补充一句。

"哦。"绿指甲在相片上点了点,然后移到那个个子不高、耳朵不像柏友的年轻人的胸口。"这个人,应当是这个人,他老婆就住在镇子后边的山上,经常提着个蛇皮袋捡垃圾——"

"还包着块毛巾,是吧?"

"对,一年四季都包着块毛巾。他死了十多年了,他老婆活得很不容易,我爸回来后,还给那老婆婆送了点礼金。"

"她孙子我认识。"

"哦——"

"初一的时候跟我是同学,初二他就辍学了。"

柏友首先想到的是东东那花花绿绿的衣服,他身上那股陈旧刺鼻的气味,同学们说那是垃圾堆的气味,都不愿意跟他坐在一起。可东东说这气味是矿物散发出来的,因为他和他祖母住在地质队建的小屋里。那原是地质队用来存放工具的杂屋,地质队还在山上给流浪汉们留下了几个矿洞,但那跟青砖红瓦的杂屋没法比。杂屋里还有电。地质队刚搬走,没等村长听到一点风声,东东的祖母就用一把火钳撬掉门锁搬进杂屋里。村长来了,弯腰捡起被弄坏的锁说:"大娘,干得真带劲啊!你撬锁,我就来个剪电线。"不过,村长的算盘打错了,这位老奶奶很高兴自己每个月还能省下一笔电费呐,而且,她是旧时代过来的人,她有一手烧竹片照明的技术,她会把竹片在石灰水里浸一浸再晾干,这样的竹片烧得更久、更亮。这可是个值大钱的秘诀。好几次,学校打算开除东东,老奶奶就把东东小时候说的话搬出来打动老师们:"他跟我说:'奶奶,我希望停电,希望全镇、全世界都停电,全世界就数我们家的竹片烧得最亮。'多懂事的孩子呀!为什么要开除?为什么?"事实上,所有人都认为学校开除东东是对的,因为他刚离开学校就犯法进了少管所。

对柏友这样的好学生来说,少管所是个遥远的地方。柏友记得自己当初也讨厌东东身上那股不新鲜的怪味因而尽量离他远点。现在,柏友却看见自己的叔爷爷和东东他爷爷穿着一样的衣服紧挨着。还好,绿指甲把相册往后翻了一页。

"这条溪,我爸说是他小时候经常牵牛饮水的地方。"

一个白头发的老人在看着水流撞到石壁上溅起的水花。

"这张,这是竹林,他说原来是一片茶园——这个人,嗯,他俩小时候一块儿上山打柴,这个老人现在还上山打柴,不过他不太记得我爸跟他打柴的事了——这个老婆婆,她倒是记得我爸,不过她眼睛完全看不见了——这条小路,我爸说原来的人去城里都必须走这儿——"

柏友看见这佝肩的白发老人站在一条荒草茂盛的小路上，绿指甲继续翻相册，柏友看见这老人靠在一棵有疖子的梨树下，接着站在高高的山岭上、站在新修的寺庙门前、坐在家中的台阶上逗一只小黑狗、扶着一架破旧的风车笑、在稻田边拍一条黄牛的背、在学校里摸一群小孩的脑袋……

这时，那位秃头主任走上楼来，他双手捧着个文件夹，他把文件夹放到经理桌上说："忙什么呢，彭经理？"

"说起来，这位小伙子，"绿指甲掠了一下短发，"他叔爷爷跟我父亲是老战友呐！"

"哦！真巧啊，真没想到。"

主任扫一眼柏友。柏友站到一边去，换了主任一只手支在桌上柏友刚才支的位子。

"我看看——"主任摸摸秃顶。

"你看，这张、这几张，是他刚到台湾的时候。"绿指甲点着相片，"他能活着过那边去也不容易，逃跑嘛！他坐船，半路上在河边的烂泥里趴了一天一夜，坐火车，铁轨给人炸断了，走路呢，又要躲机枪子弹，到了海边又是抢船票，到了那边又成天喝生水，后来得了胃病，肝也切除了三分之一，前几年回来还带着药，好多药，吃午饭前先把药排着队吃下去——"

"是啊，不容易！"

"嗯，我看他吃那么多药，特别心痛。"

"你们父女俩，中间隔了三十多年没见面吧？"

"是啊，说起来，我没怎么尽孝呢。"

"是挺遗憾的。"

"现在又只能看相片了，看看相片，心里稍微宽慰一点点。"

"那是。"

"嗯，前几年第一次回来，还托人问他叔爷爷来着。"经理扭头看柏友，一边合上了相册。

"是啊，人老了，念旧得很呐——"主任站直了身子。

"你把那两千块钱都开给他吧。"绿指甲挥动着比了一下柏友，接着摁到主任拿来的文件夹上。"这是——"

"上个月的会议资料。"

在楼下的主任室，主任拿出名册，但他没把圆珠笔递给柏友，他像是记起了什么。

"你是不是——"圆珠笔上端抵着主任的下巴，笔芯嘟噜一声给按出来了。"你是不是觉得那天你没有错？"

"……"

"好吧，如果是误会，小兄弟，那也是你先误会我，是你首先没把公司的规定当一回事。"笔芯嘟噜一声缩进去了。"以后要记住，干什么事都是有规矩的——"

"……"

"你今天没带齐证件，但我们经理还是——还是允许你把钱领走。"笔芯又按出来了。

"……"

"来，签字吧。"

这笔芯坏了，写不了字。主任低下脑袋在三个抽屉里找一支能写字的笔，一边咕噜着："小兄弟，你别以为——"窗外，一小片云挡住了阳光，主任的秃头也不那么显眼了，柏友突然觉得这主任还是个任性的孩子，而他柏友，早已长大成人。

柏友签了字，去会计室领了钱，他把钱揣进裤兜。他走出建筑公司走到街上，人们正在呼喊家里人回家吃午饭，有些小餐馆就在门口架着个火炉炒菜，大太阳下，厨师热得冒烟。柏友穿过镇子去找父亲。

甩掉一个好姑娘

1

勉老头在村子中间开着小卖部很多年,他真的老了,卖的零食一点也不合小孩子们的口味。他还用毛笔写小楷字记账。他没有儿女,只有一个生活艰难的侄子,这穷侄子来赊一小包盐,同样给毛笔记在账簿上。到年底,勉老头拿着账簿挨家挨户去喝茶,侄子家也不例外。说起来,很多人都不喜欢勉老头,但都喜欢他在门口就着墙和两根木柱搭起的凉棚,喜欢凉棚下有两把木条椅,夏天到了,人们还喜欢他从镇上批发了啤酒放在冰柜里。

这天下午,石保坐在勉老头的凉棚下喝冰啤酒。石保是那种脑门宽、很爱出汗的人,他喝一口啤酒就用食指勾一勾额角上一排汗珠,他穿的短袖衫也给汗水粘在身上了。村东村西的人来了又去,石保一径坐在那儿,不过,他仅仅喝了一瓶啤酒,一个烫卷发的中年妇女一仰脖子灌了三瓶,她说真难得碰上石保喝酒,她说石保喝酒像个小媳妇,石保也只好随她笑笑。事实上,石保知道村里人都说他跟勉老头一样日子过得谨谨慎慎的,不过,石保喜欢在别人觉得他谨慎的时候,就闷声不响就打定了一个有赚头的好主意。前几年,他帮人开大货车跑运输赚了一辆双排座的小货车,他开小货车在邻近各个乡镇送货赚了一幢铺大理石的楼房,当然,一定还有一本写着一长串数字的银行存折,因为他现在跟城里的水产公司谈起了合作,他承包了村里的水库,等秋后他要养闸蟹,大伙儿还以为螃蟹是穷人吃的东西呐,人们一开始只顾着谈论石保的岳父送给他的母牛又怀了孕,人们说"又",是因为母牛下的一对双胞胎去年冬天卖出去石保狠赚了一笔,人们笑石保又娶了个好姑娘,人们说"又",是因为他老婆吉霞的确是个会持家的好姑娘,长得眉眼水灵也很端庄。

这会儿石保喝完啤酒,把空瓶子从窗口递给勉老头,他结了账正要离开,有个戴眼镜的人勾着脖子靠过来,是柏友,一个刚考上大学的小伙子。他们打招呼,然后,柏友把勉老头递给他的啤酒塞到石保手里,他自己又要了一瓶,他拍石保的肩膀让石保在长凳上坐下。

"啊,那我就不讲客气啦!"石保说。

"讲什么客气哦！天气这么热。"

柏友在石保对面的长条椅上坐下，他们的手肘都撑在膝盖上。

"你刚睡午觉醒来吗？"石保问柏友。

"没有，刚去地里帮我爸扯了一筐花生。"

"嗯，干农活你可不里手哦，呵呵。"

"是啊，前几天我还分不清花生苗跟豆苗呢。"

"哈哈。嗯，你从小就是块读书的料。"石保昂脖子喝啤酒，小眼睛却瞅着柏友。"刚高考完，你现在就应该尽心玩才是。"

"嗯。"

他们同时举瓶子喝酒，他们都看一眼村子前边的山峦然后又转过头来。

"石保哥你现在真不错啊，养闸蟹可真是个赚大钱的路子，我爸昨天还说你给我们这地方的年轻人立了个好样——"

"呵呵，像你能考上大学，这才是真本事呐，我是瞎折腾。"

柏友笑着，用手揭一下运动衫的背部以免汗水粘住它。

"真热。"柏友又喝了一口冰啤酒。

"吉霞跟我说她就很佩服你呢！"

"哦，是吗？"

"能够去大城市读书，跟我们层次不一样了啊——"

"喝冰啤酒都出汗啦！"柏友用手揭一下胸口的衣衫。

"是啊，热。"

"这一阵子还难得落雨呐。"

"嗯，要下雨可能得等秋雨了。"石保望着村子前边的山与天空。"今天多谢你啦！过一阵你们家摆酒席了我可会跟你爸喝谷酒的！"石保伸手把空啤酒瓶立到长条椅上，然后他站起身说："你得空就到我的水库里去钓鱼啊。"

"那好啊。"

"鱼儿怕热，早晨傍晚去最合适。"

"那好啊。"

"我先走啰。"

"嗯，慢走。"

石保往村子东边走，他打了两三个饱嗝。他沿石板路走过两排房屋，接着他拐上一段硬土路来到菜园地边，绕过菜园就闻得见自家厨房的香味了。

吉霞正在燃气灶边，手臂上搭着一方毛巾好用来擦汗。她给蒸饭的锅里加点水，她好像没听到石保进来。石保从饭桌上的瓷壶里给自己倒一杯凉茶喝了，然后，他坐下来瞧着女人匀称的肩背。

"我刚碰到柏友了。"他对着女人的背说。

"哦。"

"大学生啊！"他跷起二郎腿，一只拖鞋啪嗒一声甩下来。

"……"吉霞走到冰箱那儿去拿东西。

"去大城市里读大学！不过，哼哼，他还装作无所谓的样子。"

"是吗？"

"你不相信我说的?"石保盯住女人的侧脸,他也看见了火焰的影子。

"这我早就知道啊。"

"你知道什么?"

"他考上大学了啊。"

"我说的不是这意思!"

"……"

"你难道听不出来吗?"

"听不出来。"吉霞偏一下脖子,对着燃气灶上的火焰说。

"嘿!嗬!哼哼——"

石保踢了一下拖鞋,一只手按在肚子上。吉霞用毛巾擦脸颊上的汗。

"我说你现在最好去给牛喂料。"吉霞似乎在吩咐火焰。

"我就不能歇一口气吗?"

"你今天下午——"

"你是不是觉得牛比我重要?"

"我没这么说。"

"你就是这个意思!"他拍一下大腿。

"好吧,你要是觉得喂牛很累,那你来煮饭炒菜吧。"

石保瞥女人的脸,正好她也瞥他一眼。石保把目光收回到那只拖鞋上。他吸一大口气,舒出来,又吸一大口。挨了一会,他放下二郎腿,穿上鞋,往厨房外边走。这会儿他不想让自己的脾气变坏，可也不打算让它变好。

在水池边，他把铁桶咚的一声扔到水龙头下，他拧开水龙头，一边还用塑料瓢舀池子里的水倒进桶里。

他经过车棚和那辆白色卡车走向新修的牛栏，牛栏屋顶下边有一层木条架起的楼板储放饲料，他踮脚把手伸进去，拖出一袋带酒糟味儿的东西，他探身把饲料倒进食槽、再掺点儿水，母牛用嘴蹭一下他的手臂，它吃起来，他则把剩下的水哗啦倒在食槽的另一格好让它吃饱后喝个通体舒泰。

他锁上铁围栏，他提着空桶往回走，同时听见那头牲畜嚼饲料的咕咕声。他抬头看西边的山，太阳已经落下去了，他看见坡地上收工的人们在回家，他们沿着梯田的田埂，疲倦和满足让他们走得像牛一样慢。这时，有个什么东西在石保胸腔里来回撞，原来，他是觉得这些收工的人在走向他们各自的围栏，他觉得自己也在走向围栏，他想勉老头一直就住在围栏里而自己真的也跟勉老头差不到哪儿去，其他任何人也差不到哪儿去因为这地方本身就是个围栏，人们沿着围栏打转就像电流沿着闭合的电路……

他这样想着，忘了自己在生气这回事呐，他走到厨房门口，他把桶轻轻放下。

2

女人们开始喝啤酒是什么时候的事？勉老头只记得是王宏利

的老婆彭梅带的头。彭梅是那个卷发、嗓门很亮的女人,她喜欢喝啤酒喝白酒,喜欢在衣兜里放一把零食,她腰肚圆滚滚,笑起来会一个巴掌接一个巴掌地拍丈夫的大腿,丈夫王宏利不在身边她就一个劲拍自己的大腿。

王宏利在城里一个政府机关的食堂炒菜做饭,周末他回家给彭梅炒菜做饭,而且他每次回家总到勉老头这儿瞧瞧老婆又赊了什么东西,然后掏出钱夹子付款。在山里,男人们会主动把钱交给女人以免自己犯傻劲儿吃了喝了赌了,随身带着钱夹子又不沾烟酒的男人真是少见呐,而且,王宏利的脾气那么好,他对人总是笑眯眯的,他的眉毛和眼睛挨得近,一笑,看上去就像求你帮个你一定乐意帮的小忙。当然,王宏利也乐意帮别人的忙,他是个矮小但办事精明的好男人,人们不明白当初他拒绝几个好姑娘怎么就一门心思看上了彭梅,而且他还老担心彭梅惹别的男人注意。

星期六傍晚王宏利来到勉老头这儿,勉老头翻一遍这个星期的赊账,又翻了一遍,然后他说没有。

"哦——"王宏利张着嘴,眉毛升高了,似乎挺失望。"我老婆她——"

"嗯,帮你省钱还不好吗?"勉老头合上了账本。

"呵呵,那是。她也没买其他的零食?"

"零食都是油炸的,天气热,没人吃。哦,对了,她喝过啤酒。"勉老头正要再翻一遍账本,但他记起来了:"哦,不对,是石保付的钱。"

"哦,那样啊——"王宏利把钱夹子"啪"的一声合上,放进了口袋里,他转过脸瞧了瞧村街,几个孩子在石板路上跳来跳去。他转回来盯住勉老头。

"城里热死了,这儿下过雨吗?"

"也没有呢。"

"不过这儿凉快多了,嗯,啤酒——一直卖得挺快吧?连石保都——"

"是啊,"勉老头摘下眼镜,越过王宏利望着凉棚和对面的一块空地。"夜里开始结露水珠子了。听说,城里要办民俗节,有什么动静吗?"

"民俗节?哦,街边是插满了彩旗,老有领导上街检查卫生环境——"

"那有什么用?"

"是啊。"

"那一点用也没有,我跟你说,"勉老头把一头白发凑近窗口,"我们这儿没什么民俗了,人都出去捞大钱去了,留在家里的也都变懒了,又总喜欢新鲜东西,风气就给败坏了,有些姑娘们还染头发,像个外国佬,据说城里小孩都喜欢吃外国饭,我侄子建议我批发点可乐什么的,我就一点也不想,可乐会败坏孩子们的口味,一旦口味给败坏了,他们就觉得我们这儿的样样东西都没劲,到头来,唉——"

"是啊,您说的一点也没错。"王宏利一边笑一边看了看村子东边,"在城里,有些孩子只要喝过一口可乐,他就再也不肯喝茶了,不喝茶、不喝开水,那怎么行?"

"对啦!那是。"

"嗯,"王宏利又看了一眼村子西边,一排屋顶上正冒烟。"不早了,我得回去啦。"王宏利买了一瓶啤酒,道了别往家里去。

晚餐是啤酒焖鸭,王宏利把肉多的鸭块挑出来放到盘子里靠彭梅的那边。

"你知道吗?在一些大饭店里,他们用黄酒把闸蟹腌在坛子里——"

"醉蟹吧,你跟我说过呐。"彭梅用毛巾擦额上的汗。

"等到石保养蟹了,我也会试一试。"

"那好哦!"彭梅现出脸颊上的小酒窝。

"只是不知道,他会不会依照卖给城里人的价格卖给我们。"

"不至于吧——"

"虽说是同一个村的,可他跟大伙儿不一样。"王宏利盯着盘子里的青蒜。

"所以他才能发财呐。"

"呵呵,那倒是。你还记得吗?那年三月三,大家去庙里敬神,那么点远,他收每个人五块钱乘车费,小孩子收四块,再说他这是货车——"

"是啊,他把一车人都得罪啦。"

"嗯。说起来,他从来就没请过客,你看见他请过别人哪怕一次——"

"这我倒想起来了，前天他请我喝啤酒了。"

"哦，是你故意揩他的油吧？你最好别这样。"

彭梅跟一条鸭腿较上了劲，王宏利则夹一筷子青蒜，无论什么菜他都喜欢吃佐料，他说好些厨师都有这偏好，这样的厨师瘦，避免成为人们想当然的那种肥嘟嘟的厨师样子。

彭梅知道厨师都讨厌洗碗。这会儿她正端一个盆收拾碗筷。

"你以后可别那样。"王宏利嘴里含着牙签。

"什么那样？"

"让石保请客啊。"他摘下牙签。

"他好像没事啊。"

"他会记在心里的，有些人就是亏了一分钱都会记着找个时机补回来——"

"你这么说我又想起来了，"彭梅先放下盆，也拿了根牙签。"国老爹把那头牛先寄他那儿养着，他暗地里只想卖了，国老爹可是他岳父啊！"

"哦，是吗？不过，这可不能算。"

"不能算什么？"

"不能算石保这人厉害。他就是实打实不想喂牛了嘛，我最清楚——嗯，我跟他结伴儿长大的——"

"难怪你和他都像个小媳妇！"彭梅哈哈笑，不顾手上沾了油就拍王宏利的大腿。

"我跟他可不一样,我只是——"

"只是什么?只是长得矮,是吧?哈——"

他也拍了一下她的大腿。

"说起来,国老爹以前当村长可没少跟石保他爹为难,后来,石保他爹见到国老爹就会狠狠吐口痰——不明白石保是怎么跟吉霞搞到一起的,前年你告诉我的时候,我还真是不信呢。"

"以前的事就是过去了的事。这年头,又漂亮又本分的姑娘可不多见啦!我要是个男人,我就会去找吉霞,哪怕吉霞家再穷我也去找她,你说呢?"

"我什么都没说。"

3

石保是七岁那年开始喂牛的,另一个放牛的伙伴王宏利才五岁半。他俩都长得瘦小,石保比王宏利还瘦小,而且家庭也更糟糕,王宏利他爹是富农,石保他爹则是个地主。

石保他爹被划为地主是因为他爷爷是地主,他爷爷从前倒是没有几亩地,因为他用地换了一座水磨坊,周边五六个村子的人把这水磨坊叫做大轮子,他们排着队争着把稻谷麦子荞麦什么的送来给这巨大的轮子碾压,是的,碾压!当革命领导要求贫下中农控诉"压迫者"时,贫下中农们贫乏的头脑第一个想到的就是这大轮子有力的碾压,接着,有人记起自己饿慌了去碾盘上搞点

鹅与野猪、山鬼

粘着的杂面渣子却遭到了磨坊主的呵斥，是的，这正是活生生的阶级压迫。石保从没见过爷爷，也从没见过大轮子，爷爷死了，大轮子和磨坊木屋早给愤怒的贫下中农拆得一片木屑也没留下，可"地主"的名分却被他爷爷传给了他爹，他爹传给了他，你不想再往下传了，那你就得好好劳动改造。

国老爹至今还记得自己给这两个孩子安排"革命任务"的情景，那时候他是村长，一点也不老，他喜欢用响亮的咳嗽来制止他认为不符合"最高指示"和"革命精神"的言行，他也只需要咳嗽一声就能让别人站到自己面前来接受训斥和批评。石保和王宏利在村口的溪水边玩耍，脸上是花花绿绿的水草和泥巴，他们听见了国村长的咳嗽，他们停止用脚板拍水，彼此检查一下，然后，犹豫着走近前去。"两人都提着根水草，像两只小虾子。"国老爹每次想起来就这么说。

国村长告诉他们，贫下中农的孩子们九月份要到学校上学去，得由他们这两个狗崽子接管看牛的工作了，不多不少，村里拢共有十条牛。

"是看牛好些，还是上学好些？""富农"王宏利小声问村长。

"当然是看牛好，看牛可以挣工分，工分可以换粮食。"

"那，放牛要放到什么时候——""地主"石保小声哼哼，一边用脚趾抠着地。

"什么？上学？嘿嘿，牛看得好，喂得壮，你们当然就可以上学啦。"国村长猛地吐一口痰。

甩掉一个好姑娘

"喂得壮是多壮？"

"多壮啊？嗯，十条牛壮得顶二十条牛就可以啦！"

"大人们——为什么不看牛？"王宏利接着问。

"你们喂饱牛，大人们跟牛一起干活。大人们的活多着呢！"

这倒一点不假，那时候，人们一双手脚给牢牢拴在土地上，他们忙着耕田翻地，只要有土的地方都被人挖过，整个村子就是一块被人翻来翻去的地，人们种早稻晚稻种红薯白薯种黄豆绿豆豌豆芸豆，人们种五花八门的粮食可又总是饥肠辘辘，人们干劲十足可村长还是组织一次次会议鼓舞人们的"劳动热情"，那时候人们总是在开会，干任何一项农活都有部署大会、思想动员大会、经验推广大会、成绩汇报大会、纪律整顿大会、积极分子表彰大会、落后分子互助大会，早晨有分工会，中午有小组突击会，傍晚，人们从田地里回来，还得聚在一起跟会计争论自己当天得到的工分。接着，夜幕从山坡的梯田一泻而下，天完全黑了，国村长就让人点亮仓库里的汽灯，他要召开总结会、学习会、批斗会。墙上有一块水泥墙刷了黑漆，上面用红粉笔写着该学习的内容，有时是语录、一则最高指示，有时则是一段从遥远地方传来的英雄事迹。人们越是学习英雄事迹，就越是憎恨坏分子。而当民兵队长把石保他爹和王宏利他爹用绳子绑到会场前面，大伙儿也就更容易掀起学习热潮和革命热情。绳子的一端绑在一扇石磨上，另一端则绑在两个坏分子的手腕上、脚上、腰身上、肩膀上、脖子上。

鹅与野猪、山鬼

石保和王宏利一块儿放牛的时候讨论过绳子绑在哪儿最不好。

"我最不喜欢绳子拴在我爹的脖子上。"王宏利说。

"嗯。"石保坐着直用手掐地上的青草。

"我爹脖子短,绳子稍微紧一点我爹就会喘不过气来的。"

"我爹脖子细。"石保说着仰起脸来。

事实上,国村长很少让绳子拴石保他爹和王宏利他爹的脖子,在别的村,人们还时不时把坏分子吊到树上去抽打,国村长可瞧不上别的村长这么干,在自己村里,两个坏分子都被他改造得服服帖帖的,干的比贫下中农多,拿的比贫下中农少,算工分也从不跟会计争吵,还要他们怎样呢?甚至他们肩上挑着担,也主动给贫下中农的小孩子让路,他们的小孩子可就没这么幸福了。

石保和王宏利喂了四年半的牛,村里新修了一间牛栏,因为花母牛生了两对双胞胎。四年里,其他的牛也长大了,黑牛更黑亮,黄牛更金黄,白牛更肥美,短角牛的角也长出来一大截,弯背牛的背长得往上拱了,横眼睛牛的脾气温和了(它曾经在发情时撞断一棵树,村长扣掉石保一个月工分,村长还下令石保每天给横眼睛牛捉牛虻和虱子,跟牛"建立宝贵的友谊"),歪鼻子牛吃东西不挑三拣四了,瘸腿牛的断关节也给一大团肉裹结实了、变灵活了,只有大尾巴牛,不知是因为长胖了还是变老了,它的尾巴往上翘不起来了。

石保很高兴牛们长得这么好。他常常逮住一个上学的孩子考

甩掉一个好姑娘

考对方："牛的下颌有八颗牙，你说牛嘴里一共有多少颗牙？"什么？一共八颗！"是啊，把嘴张开，让我来教你吧，这儿，上颌这儿，牛的上颌不长牙。"对方骂他狗崽子，但石保不由得感到骄傲。还有，石保和王宏利从来就没有同时看过十头牛，因为一些牛吃草，另一些牛就必得陪着大人们干活，这一来，两个孩子就可以腾出不少精力给自己找点儿吃的填肚子，尤其是春天和夏天，老天爷在溪沟里和山坡上给牛撒下一茬茬青草，给人撒的东西虽然要费一番劲去找但满是鲜味儿，小鱼啦、泥鳅啦、蕨菜根啦，一种茅草草芯可以用盐水泡了吃，一种蒿草的嫩芽可以炒着吃，一种刺蓬的细梗茎可以煮着吃，一种藤蔓的卷须——另一种颜色暗红的卷须能毒死人——可以晒干了做成酸菜，还有野栗子，虽然苦得直让人咬舌头但可以用石磨碾碎了做成豆腐，要是得到鸟蛋、蝉蜕，他们会送到勉老头的国营代销点去换盐——事实上，那儿除了盐就只有领袖的著作了，著作的外皮是红色的，像成熟的果子。秋天里，人要是能碰上那么一丛红红的野果子可真是兴奋得想大声叫唤又生怕自己叫唤，因为红果子的味儿不酸不涩不苦不麻，它是甜的。石保和王宏利互相监督着你吃一个我吃一个，吃到半饱了，把剩下的藏在草帽里裤管里带回去给大人尝尝甜。

接着山野里就没什么吃的了，青草都变黄了，牛干脆给关到栏里喂黄黄的稻草梗，石保和王宏利只需要早晚把牛牵到池塘边去咕噜噜喝两回水；接着天冷得下起雪来，他们就用木桶抬

鹅与野猪、山鬼

着水送到牛栏里去，喂牛的稻草梗减少了，牛也嚼得更慢了。石保说："它们还嫌不好吃。"王宏利说："是啊，人还没得什么吃呐。"接着雪越下越大，村子中间一棵苦楝树上绑着的大广播也给压得无声地掉进雪堆里，大雪接着压断成片的树枝压倒成排的树干，屋顶的椽条发出令人揪心烦心的呻吟，茅草屋这会儿比砖瓦屋要暖和多了，住茅草屋的人家打算把这一点念叨着一直念到来年的雨季，不过他们看不到茅草屋压上积雪后多么臃肿诱人，像一个大饭团。事实上，大雪把整个村子捏成了山岭下一个白米饭团。

石保记不起自己上一次看见白米饭是什么时候，就是吃红薯吃桔皮也得熬成粥了，就是粥一天也只能吃一顿了。早上醒来石保说他的肠子快饿断了，他爹说你最好别起床等到中午就有粥喝了。中午喝完桔皮粥舔干净碗石保还说他的肠子只差一点就要断了，他爹说你赶快回床上躺着等晚上再看看，他爹说话的时候缩着脖子好像很怕冷，宽脑门上却冒着汗。石保觉得父亲和自己都快死了，他倒不觉得死有多么可怕，他记得有一回他和王宏利争论过死去的人在那边是不是需要到处找东西吃。就在这天，石保放牛的日子结束了，因为这天夜里他爹去偷母牛吃的谷秕，花母牛又怀了孕，谷秕可是特别批准给它补身子的呀！而且，谷秕也不多，只是在稻草卷成的小团里包上一小撮哄哄花母牛。

这一回，国村长要开一场结结实实的批斗会，在空荡荡的仓库里，国村长让民兵队长把绳子套到石保他爹的脖子上，绳子另一头绚在桌腿上，这张高脚木桌就是主席台，每个人都要站上去控诉地主一贯的罪恶，有人还没控诉完就不由得跳下桌子踹石保他爹几脚，如果有人不想踹，民兵队长就有责任代人踹石保他爹几脚或者用枪托跺他爹的脚踵，但石保一点也不担心，因为村长为了批斗会能顺利进行不得不让石保他爹喝了一碗很浓的粥。

是富农王宏利揭露了地主破坏生产的重大犯罪活动，国村长将一枚领袖像章别在他胸口的衣服上。有了领袖的鼓励，王宏利还要上台去揭发石保的罪恶，他要揭发石保看管的黑牛咬过村里的韭菜，他爬上台的时候细胳膊细腿很费劲很让人心疼，国村长不得不让人将他抱上台。国村长宣布来年春天扣掉石保一个月工分算是惩罚，石保也完全不在意，因为他喝完粥一个好心的妇女还给了他十几粒豌豆。来年春天会有春天的活路，说起来，他倒是盼望着来年春天呐。

没多久，富农王宏利和地主石保又成了朋友，他们一同去上学，他们都不爱说话，都胆小，都瘦，但石保开始长个子。

4

国老爹住在村子西边，但他每天都想看到自己半岁多的小外孙，他走在村中的石板路上，一根腋拐就笃笃作响，碰到那些肩着一大捆柴草或茴藤的人，这响声正好提醒他们别撞着他。人们给他让开一点，笑老村长要赶去跟自己的小外孙一块儿学走路。

鹅与野猪、山鬼

国老爹十几年前就不是村长了，这年头大伙儿想着去镇上去城里去大地方赚钱，都一门心思让自己穿好点吃好点家里用上电器什么的，谁都不把谁是村长放在心上，但等到国老爹的女儿嫁给了石保，人们又记起了国老爹从前当过很久的村长，客气地叫他老村长，紧接着人们又记起老村长光是守着母牛和小牛过了这么些年，还以为自己记错了呐。

国老爹的右腿是去年摔伤的，石保送他去城里的医院植钢板，还得暂时收养他的宝贝牛。冬天里，他只许石保把一对小牛卖掉，他说等几天自己就能下床走路了。春天里他还是不许石保把母牛卖掉，他说等几天自己就能扔掉拐杖了。这会儿时令已经立秋，他还笃笃地戳着拐杖，他去石保家，绕过菜园地的时候，拐杖掠过草丛像蛇在里边呼溜溜响。

这天上午国老爹没见着小外孙，因为吉霞带孩子去别人家走动去了。石保在地坪一侧的车棚下鼓捣那辆汽车。他把钳子伸到车轮内侧在拧一个看不见的东西，一会儿他用一只手肘撑着半躺下来，然后把头伸进车盘下察看，他脑袋宽、腰身长，只得放平手臂完全贴住地面，拖鞋从他脚上溜下来斜在一边。

"小心沾凉啊。"国老爹在旁边一条木凳子上坐着。他低头的时候，脸颊上的肉显得松松垮垮，他还在喘气。他掏出手帕擦口水。

石保起身在裤子上蹭手，他要给国老爹端茶来，他的额角上有一抹油污。国老爹说他刚在家里喝过茶了。于是，石保又伏下身去忙他自己的，又把钳子伸到看不见的地方旋动什么东西，同时听着国老爹在咕噜点老人们常咕噜的话：天气凉快了——起了小风——要落雨这一时半会还有点难——可也说不定——夜里露水重了——云——

老人们咕噜时，根本不会指望你回答什么，石保一直以为是这么着的。他只顾钻进车下敲敲打打，不时嗯一两声。地坪边的桂树叶子在晃动，国老爹继续咕噜：闸蟹苗应当降价了——水产公司那儿，谈妥当了吗？——这样最好，免得找私人贷款——私人贷款，利息太吓人了——

"呃，石保——"国老爹一只手摸了摸喉结那儿好像吩咐它让嗓音再高一点。

石保就听到国老爹呼哧呼哧喘气。

"这个，石保，呃，我也没别的——"

石保扭转脑袋，皱着眉头爬起来，眨一下小眼睛直盯着国老爹的手掌，他欠着身子凑近去，原来是几张绿票子给橡皮筋捆成了纸卷，横在国老爹的掌心，手掌粉红，纸卷淡绿。

"这些吧，呃，我也用不着——"国老爹感到不安，他还抬着手掌，另一只手捏着对襟褂的布扣子。"我想，嗯，我是觉得——"

"我还以为是个轴承呢！"石保转身去跟车轮说话了。

"能帮一点算一点，我又——"

"……"

"嗯，我也没——"

"我说啊，您就别操闲心，我差钱也不至于差这几个钱，不知道的，还以为我做人厉害呢。我现在啊，就缺个轴承，轴承您老人家有吗？"石保的声调像在质问车轮。没有回答，接着石保转到车尾仔细忙自己的活去了。一会儿，他听见国老爹拾起拐杖离开，接着风把桂树叶子吹得沙沙响，他就听不见拐杖的声音了。

现在是正午，石保在堂屋里，他半躺在一把竹椅上，脑袋枕着手臂。他听见吉霞在厨房的餐桌边吃饭，她的筷子不时在菜盘子里顿一下。石保身旁的摇篮里，熟睡中的孩子发出哦哦的两声，像有话要说。

"你刚才说你爹不太高兴是什么意思？"石保对着头上的吊扇说。

"……"

"我从来就没本事招惹别人不高兴。"

"是勉老头说的，他说我爹——"

"那是我让他不高兴啦？"他把头向厨房那儿侧一下。

"我没这么说。"

"嗬！哼——"

石保起身去拧吊扇开关，他瞥见妻子的水红色暗花上衣，她也看见了他，她抬着眉毛在嚼嘴里的饭，她的眉毛很淡，石保又想起了她父亲那张脸。他躺回到竹椅上，换一只手枕在脑袋下边。他这会儿可不愿意坐到她对面去吃饭，也不愿意走开，他知道话还没说完，还有"第二个回合"。

一会儿吉霞在收拾餐具，两只碗叠起来发出轻重适当的碰撞声。"真不明白你最近是怎么了——"她说着边往洗涤池里放水。

"……"

"你想想吧，我爹把买药的钱都省下来给你——"

"嗬！那还不是我赚来给他的？"

等了好一阵只听得水流哗哗响，然后，水流给拧小了，传来刷洗碗筷的声音。

"说穿了，你不就是嫌我们家穷吗？那你当初——"

"说穿了，你爹就是担心我卖了他的宝贝牛，别以为他是真心要——"

"说穿了，他担心的就是你嫌他穷。"吉霞彻底关了水龙头，也没洗碗了。

"我嫌了吗？在医院里，我让医生给他植最好的进口钢板，你又不是——"

"没错啦！进口钢板，是啊！"吉霞又开始洗碗，她把两只盘子"咚"的一声叠起来。"没见过这么小肚鸡肠的男人。"

"没错，我小肚鸡肠！"石保睁着单眼皮盯住吊扇。"我啊，我的确小肚鸡肠，我只配小肚鸡肠的命，我总在算计如何赚钱养家，我花了钱还落得个惹别人不高兴，我真应该放开手脚大肚大量地过日子，多让自己高兴高兴——"

厨房门"啪"地一声关上了。石保起身往楼上卧室里走,他不管自己还没吃午饭,吊扇还吹着,孩子睡在摇篮里。

5

勉老头新进了一大坛谷酒。勉老头每次新进一批货物,他再跟村里人打招呼,声调就稍显得拖拉,这一点村里人都知道。不过,国老爹来了,他的招呼任何时候都一个味儿,他和国老爹穿着一样的对襟褂子,藏青色或者白色,他喜欢在跟国老爹聊天时说"我们那个时候",他也喜欢说一说他和国老爹都看不惯的现在的事。

这天上午,国老爹和他的拐杖走进凉棚坐下,勉老头却一言不发从柜台边弯下腰去,只听得竹吊在大坛子里舀酒的声响浑厚又清脆。国老爹抬头看去,酒盅已经递到他面前了。

"尝尝,来——"勉老头边说边摘下老花镜。他没有笑,他看着国老爹抿一口酒接着吸一口气的模样像小孩吃辣椒。

"嗯,不太厚。"国老爹对着酒盅说完,把酒盅还给勉老头。

"是啊,我跟酒厂的人说了,这时节酒味薄一点才适合呐。"

"是啊。"

"薄一点也合我们老年人的胃口,泡药吃也正合适,以前石保他爹喜欢用枸杞泡药酒。"

"是啊,他有关节炎。"

"他没钱治。他就靠喝酒呐,后来,一双脚四面八方哪儿都能去。"

"嗯,他要活到现在就好了——"

"他死了也有十好几年了,有十五六年了吧?"

"嗯,那有了。"

"还是您有福气。这酒——"勉老头一脑袋白色的发根同酒瓶一块儿探出窗口,他把酒瓶递给国老爹。

"哦,那我没带钱啊。"

"看您说的,只怕石保知道了怪我卖的酒马虎呐,他给您买的酒都是有档次有星星——"

"我是说你先记我的账,这跟他没关系。"

国老爹说着拾起拐杖。勉老头这才想起来国老爹前一天生气的事。一时间,他不知道自己要不要瞧国老爹的脸。他摘下老花镜,把老花镜仅有的一条腿挂到对襟布衫的口袋上。

还好,有人扛着锄头从村街上走进凉棚,是柏友他爹,他来付赊账,他跟国老爹说"老村长气色好多了",国老爹笑着看看手中的酒瓶然后起身告辞,柏友爹帮他把拐杖架在腋窝下,拐杖的声响沿石板路往村子西边去。

"他现在走得挺快了。"柏友爹说。

"是啊。他还打算过一阵自己又开始养牛呢。"勉老头一边把翻好的账本递到窗口上,指着账本中间一行说:"这也有一笔,三瓶啤酒,柏友喝的。"

"三瓶？这小子！"

"他跟石保喝的吧，我记得是这样，他请石保喝了一瓶。"

"哦。"

"石保，你也知道，除了对他岳父大方点——"勉老头边打算盘边说话。

"是啊，他对国老爹没得说的，腿上装进口钢板，那可要——"

"是呐，一般人家谁能这么折腾。二十一块八。"勉老头瞧着算盘报了一个数。柏友爹掏出钱来，就在找零钱的时候，勉老头又记起了什么事，他一记起点什么就会戴上眼镜。

"谷酒我隔两天再去进一坛来，一百斤够了吗？"

"不要这么多吧？"

"现在的酒味薄，少了怕大家喝得不上兴。我们村出了第一个大学生，得好好热闹一番呐。"

"嗯，一百斤可能有点多，要不先定五十斤，到那天少了再来拿。"

"六十斤吧？"

"六十斤——也行。嗯，我得去田里瞧瞧水去。"柏友爹提起了锄头。

"嗯，这两天应当落点雨才是。"

"是呐。"

甩掉一个好姑娘

6

　　就在勉老头跟国老爹闲话的当儿，石保开着车溜下村前的斜坡溜进树林。昨天夜里，他和吉霞为了他当初以及现在是否嫌她没带来任何嫁妆又吵了一个回合，接着又为她当初以及现在是否认定他是个"爱打小算盘"、"小肚鸡肠"的男人再吵了一个回合。他打十二岁起就一直尽力离喂牛的事远点儿，他觉得作为妻子的她应当能明白要不就是存心跟他过不去，当然，首先也是因为她爹穷，又穷又还特顾面子……就这样，他和她大吵了一场，算是他们婚后的第一次吵架。他睡到楼上去，可还是能听到她哭哭啼啼，接着摇篮里的孩子也在呜呜哦哦地叫唤。直到天亮，他不知道自己是否睡着了。没人叫他吃早餐，他醒来时已是半上午了，他带着自己和妻子大吵了一架的念头起了床，他带着这念头钻进车里，这会儿，他又带着这念头穿过山峦的阴影转上通往城里的柏油公路。河水在他左边顺着草滩流淌，一会儿河水给一大片树林挡住不见了，等他的车穿过树林或是一个简单的集镇，河水又正清脆响亮地淌下卵石滩。云正在河对岸移动，水稻田里给禾苗喷药的人不时仰起大口罩看天上的太阳。山越来越低，马路越发宽敞平坦。

　　城市的白天是在环城路结束的，一辆辆挂着外地牌照的车匆匆选一个路口拐个弯然后直向着黑夜赶去。城内的一座座楼房都披着夕晖，接着太阳完全没影了，夕晖却还粘在高楼上，仔细

鹅与野猪、山鬼

看,才察觉是一片片灯光呐。哎呀,这会儿风吹进车窗就别提多舒坦了。你放慢车速,选一个路口拐上一条小街,准会有个姑娘来敲车窗,"大哥你要住旅馆吗?""大哥上我们家歇歇脚。"路灯灯光透过树叶洒到她们那刷得很弯的睫毛上,她们喜欢开卡车的,她们看见卡车沿街溜达过来就知道是什么意思,她们可真是懂得不少人情世故。但这会儿石保把车一连开过了六位姑娘都没停下,然后,他沿主干道直往湖滨广场去,他可以在广场边的大排档吃个烤鱼、看看热闹。他知道湖滨广场上任何时候都有小年轻牵着搂着他们的女朋友闲逛,好些一看就是校园里的学生,他们边走边亲吻好像这个大广场就是他们自己家的院子。

第七位姑娘出现的时候,石保吃了一个烤鱼又吃了半碟水煮花生。她穿着带花边的黑色秋衫、带花边的白裙子。她个子不高,但脸孔那么快快活活的,她的鼻子略略往上翘,跟她的嘴角搭配得那么好。她在石保对面坐下。

"大哥,要上我们家歇歇吗?"

石保举起啤酒瓶喝一口,他边喝边打量这位姑娘。

"大哥开车的话最好别沾酒。"姑娘说完就瞧着桌子和碟子。

"……"

"俗话说,七不害人、八不害人,酒害人。"

"哈哈,谢谢你一片好心。嗯,你怎么知道我开车来的?"

"哦,那不就是吗?"姑娘朝路边的卡车努努嘴,接着,她发现桌上有一颗很长的花生,她用尖指甲捏起来,"四粒米的花生欸！"她的脸那么快活，似乎她千真万确从未见过四粒米的花生，也从未经历过任何世事。

"你们家应当种点花生。"

"大哥在开我玩笑吗？"

"你们家住宿多少钱？"

"一般嘛，一百块就够了。"她在跟花生说话。

"可我是农民，出不起呀！"石保用餐巾纸擦汗。

"农民怎么啦？我可瞧不上小看农民的人啰。这年头最会赚钱的就是农民了，我见过好多农民腰带上都挂个大哥大呐！"

"哦——那你见过不少人的腰带吧？"

"你会不会聊天啊？！"她把花生壳扔到他胸口。"看来你真是个农民哦。"

"呵呵，是的，是农民。"

石保付了账，朝街边的汽车走，这姑娘和他并肩走着。他开了车门，姑娘先钻进去，爬上驾驶座，她一双手转动方向盘，嘴里学着"呱呱"的喇叭声，她玩了足足有两分钟才坐到副驾驶座去，她身上有一股爽身粉干燥好闻的味儿。石保这才注意到她没涂睫毛膏唇膏，她拢一拢凉风卷起的碎发，露出白净的耳根子。

姑娘指了指广场北边，"我们家在那儿。"她说。石保却让车子绕过广场往湖滨大道去。

"大哥要去湖边遛一遛吗？"

"你担心我会把你丢进湖里喂鱼吗？"

"不担心，那样才好呢。"

石保眯起眼睛笑，他瞥一下姑娘抿起的嘴角。

"嘿呀，我好久没来湖边散心了——"她把身子懒洋洋斜在靠背上，仰脸吸一口凉风。

一会儿，当她看到湖面一片黑黢黢时，不由得像个乖孩子张开嘴满脸是失望了。石保也感到空落落的，他拉起她的手上车。他喜欢看她快快活活的样子，好几天来他都心里空落落的不好受，还有什么比搂着个快快活活的姑娘更能对付空落落呢？

这晚上，石保赶走心里的空落落之后，他听见外面下起了小雨，他知道是那位姑娘在隔壁卫生间洗浴。他歪在枕头边快要睡着了，小雨变成了沉闷的雷声，他睁开眼睛，听清了是楼梯上沉稳的脚步声。他猛一下坐起身子，捡起短裤长衫往身上套，接着，就像一辆重型卡车直直地开进房间，房门哐当一下被踹开了，旁边的柜子震得直打晃，溜下一大叠洗干净的被单枕套什么的。

两个警察拿着警棍站在石保面前，一个嫩些，吼着"不许动不许动"，一个老些，唱着"别动啊别动"。老警察厉声让石保穿好长裤，嫩警察走到床头拉开一张小桌子的抽屉检查。石保低着脖颈系皮带，接着他放低腰身，宽额头猛一下撞开面前的老警察，他一闪蹿到门口，后边的人只来得及抓住他的皮带头，他扭腰拐弯，皮带从裤子上抽离了，他几步奔到楼梯口，刚下两步楼梯，嫩警察就赶上来了，真是妙啊，他想欠着身子越过楼梯扶手用皮带勒住石保的脖子。石保跑到街上,外面还真的在下雨呐。他光着上身沿人行道边樟树的阴影走,不知为什么他一路想着那嫩警察,这个急中生智的小伙子可能正拿着石保的皮带向老警察责备自己还是太嫩了点,下手快但臂力不怎么样。

石保背上沾满了细碎的雨珠子,双肩上挑着的好些大雨滴则是从樟树叶子上落下来的。他的货车停在另一条街的超市前面,那家超市晚间也会营业,这么说,一定有温暖的灯光照到停车场,而他一坐进自己的汽车就会展开后座的沙发座椅,他可以什么也不想地睡上一觉。真累,刚才像是接连干了两场体力活,他差点笑出声来。

跟警察斗的确是个体力活,但还得多动脑筋多长个心眼儿,就在石保掏车钥匙的时候,他没提防有个人冲上来扭住他的手臂,接着另一条手臂也给扭住了,接着他的脸也给按在车轮上。他听见有人在冲着对讲机说话:"到手了!"

"我就说嘛,跑得了人跑不了车!"对讲机里那个老警察笑着回话,这会儿他的声音年轻又果断。

"是啊,一抓一个准。"这边的人给石保上了手铐。石保想说他没有车这不是他的车,但他张不开嘴,他的半边脸颊给一只手死按着,另外半边脸颊则给车轮的凹纹吃了个严实。他真是感到筋疲力尽了。

7

　　城里下过了大雨，样样东西看上去就都皱巴巴的了，楼房的墙壁上湿一块干一块，店家们把垃圾倒在下水道口子边好让水流卷走，广告牌给吹歪了淋透了，上面的明星笑起来就是另一个意思了。石保让车子冲进一个大水坑，王宏利提醒他城里人爱干净你最好别这样，石保一路上专拣水坑冲过去，王宏利倒也乐意听好些女人的尖叫声了，接着从后视镜里看去，她们准保在低头检查自己的裙子。

　　王宏利是接到吉霞的电话后赶到巡警大队去的，值班警察是个年轻女孩，她的手很小很秀气，她端出一个记录本翻了翻。"这个，是吗？"她把记录本贴到玻璃隔板上。

　　王宏利想见石保，她拍一拍警服肩章让王宏利自己看墙上贴着的关于拘留的规章制度，王宏利说："领导，我这朋友肯定是被冤枉的。"

　　"这是他的口供笔录，他自己都签字了。"

　　那双白净的小手又在玻璃后边举起记录本。王宏利眯眼睛看了看石保的签字，然后他的眉毛眼睛展开来冲着穿警服的小姑娘笑了。

　　"领导，你看，我们是农民，三千块是不是——"

　　"我不是领导，我只是个小办事员，我只能按规章制度——不对！"小姑娘突然站起来跟王宏利道歉："同志，不好意思，对不起，是三千五百块，你看——"她白净修长的食指在"代收旅馆住宿费五百块"这一行字下面划过去。

"你们跟旅馆——是一家呀？"

"我们代收，知道吗？哦，我把这个读给您听。"

"我识字呢！我是说旅馆住宿费——就算是你们代收，也不要五百块吧！"

"真对不起，这个我做不了主。真对不起我刚才没看清，对不起啊同志。"小姑娘白净的脸上涌起一片"对不起"的潮红，然后，她提着尖嗓子朝里屋说："旅馆费是五百块吧，领导？"

里屋有个男中音大喝一声："没错！"小姑娘转过那张"对不起"的脸。王宏利觉得自己正欺负她。

王宏利说要出去打电话，他打电话把三千五百块的价钱报给吉霞听，然后去附近的银行取钱。他回到巡警大队值班室，年轻的女警还要跟他说对不起。

"对不起，同志，实在对不起！"

"怎么啦？"

"还有伙食费我忘了说，五十块。"

"什么伙食费？"

"我们这儿的，拘留一天，他得吃饭啊。"小姑娘又提着尖嗓子朝里屋说："伙食费一天是五十块吧，领导？"

"没错！"里屋的男中音干脆利落。

王宏利不想理小姑娘了，他径直朝里屋喊：

"领导,这罚款太多了,交不起啊!能少点吗,领导?我们农民赚的是血汗钱——"

男中音不想理王宏利。小姑娘不想让王宏利难堪,赶紧接过领导的话:

"不好意思啊,我们领导也是按规章制度办事。怪我刚才没说清楚,对不起。"

王宏利还想犹豫,还想出去打电话,但他记起来自己是在替一个有钱人花钱。于是他把钱递进玻璃窗口里。小姑娘那双白净的小手像玩纸牌一样展开票子,这回她变得细心了,每数完十张就放到一边。

"怎么只开三千块的收据?"王宏利问小姑娘,可小姑娘开完收据又拿起钱在数第二遍:

"十五、十六、十七——"

里屋的领导听见了,帮忙回了一声:

"三千是罚款,另外的——嫖娼还要收据!"

"大领导,难道这钱——"

"我算不上什么大领导,"男中音恢复到原本的调子,"你就别扯皮了,我们保证一切都是在按规矩来办的。"

"领导啊,规矩还不是你们定的嘛!规矩是死的,人是活的。"

"哈哈,人当然是活的啦!"男中音越发柔和了,"我们不会把你朋友怎么样的,嗷,交了钱你放心就是啦!"

空气炎热,王宏利把脸额贴到发凉的玻璃隔板上,一下子想不起怎么接话了。

现在，石保就在他身边，活蹦蹦地开着车，大声吐痰、骂人。车子从环路的立交桥下穿过、掉头，他们闻到从渔港那儿吹来的腥味。汽车在朝湖边开。

"你要去哪儿哟？"王宏利睁开眼睛问。

"去砸那旅馆的牌子！"

"你疯啦！"

"他妈的，这么合伙害人，还敢收住宿费！以为就没人敢砸他们——"

"你碰一下他们那可不是好玩的！城里人都知道他们跟警方的关系可不正常。"王宏利说着一只手抓住方向盘让石保在街边停车。"这我坚决不许你去，吉霞一再嘱咐我快点把人好好地弄回去，她都急得去找菩萨求保佑了。"

僵持了一会儿，石保掉转车头。

"三千多块呢，是有点多，想通点，就当自己躲过了一场病，治病还得挨痛呢。"王宏利劝一句又数落一句："你呀，当务之急是快回去扑火。"

"扑什么火？"

"跟老婆好好地认错啊！"

"哦。嗯，跟老婆认错，你最有经验啊！"

"嘿嘿，"王宏利打了个哈欠。"跟自己老婆认错，其实不算认错的。"

他们一块儿盯着公路中间延伸的白线。

8

石保是带着吉霞会跟他大吵一架的念头回到家的。他把车开进车棚下,他没像往常那样摁一声喇叭。屋里黑灯瞎火,楼下的大门关着,他坐在车里,心想自己有包烟就好了,他在黑暗中坐了一会,手搁在方向盘上,手指像弹琴一样此起彼伏。他走下车,感到浑身套着一件厚厚的铁衣。他走到大门边,又返回车里找到钥匙。他开了门,感到那件铁衣快把他压垮了。还好,家里没人,但还是担心有人躲在门背后或者躲在楼房上下某个角落,堂屋、卧室、楼梯间,灯光都拉亮了。然后他去卫生间淋浴,他感到水流冲刷在铁衣上,他草草抹干身子上床去睡,他听见肚子在咕噜响可他一点不觉得饿。有青蛙在田野里叫,接着是山上的夜鸟,地坪边的桂树叶子在给微风翻动。这儿是他生活了三十年的村子,没什么可担心的。吉霞只不过是带着女儿回了村子西边的娘家,他知道王宏利会帮他跟国老爹和吉霞解释,王宏利会数落石保有多坏吗?这倒不会,王宏利是乡村里都该有的会开导别人的和事佬,他总是尽力做到谁都不得罪,尽力做到不欠别人什么,而且他还有本事做到让别人感觉自己不欠他什么。石保知道自己没法那样两面圆通,就好比他没法跟彭梅那样的胖女人睡觉而王宏利可以,不过女人这事儿挺复杂……

甩掉一个好姑娘

石保一个人过了两天才听到吉霞的声音。很晚了，他躺在床上看电视，她回来洗澡，石保把电视机的音量调到很小，接着他发现自己没在看电视而在想着吉霞洗澡的模样，也不由觉得别扭。这是他们婚后第一次闹别扭，他知道她是那种有点小心思但不会真正生气的女人。这会儿他还在想着她瘦削的肩背和腰身，听说女人生过孩子后肚皮会起褶皱，可吉霞没有，她只是瓜子脸变圆润了些，他喜欢在她泡茶的时候瞧着她的背影，喜欢她端一杯茶递过来时眉眼低低的样子，喜欢她遇到什么事都不慌不忙只是抿一下嘴唇，也喜欢她半夜里跟孩子说话让孩子的哭闹越来越轻。他真希望孩子现在就在自己身边，他可以跟孩子呜呜哦哦说点亲热话，这一来，或许就可以跟吉霞和解，或者，甚至可以像恋爱时那样直截了当把心里的这些喜欢说给她听……

吉霞洗完澡又回娘家去了。石保拿着电视遥控器胡乱地换台。

又过了一天吉霞才带着孩子回来，他还是躺在床上看电视，他听见她抱着孩子开了门、上楼去了，他伸手把摇篮拉到床边，又把这几天换下来没洗的衣服搭到摇篮上，等会儿她进来搬摇篮了，就不得不走近他、清理他的衣服，或许还会对他发出甜蜜的抱怨。但她没再下楼。夜深一点，他听见女儿在哭闹，接着是"咿呀啊哇"的声音，好一阵了，他没听见她对女儿说话，她人呢？接着女儿的哭闹变成了短促而劲头很足的"啊啊"声。他觉得女儿是在叫唤他，或者，在向他呼救。于是他起床，睁大一

鹅与野猪、山鬼

双眼睛在月光里找拖鞋,开了灯,他又决定打赤脚,他悄没声儿走到楼梯拐弯处的平台上停一会,这才觉得自己多么古怪,像个贼。大理石地板从脚板心哧溜哧溜地吸走体温,楼梯护栏抓在手里也凉沁沁的。

事实上,白天里,石保已经和国老爹说上话了。

白天石保帮人送桃子到镇上去。果园在水库边,他把车开到堤坝上,他在汽车的阴影里歇着,正对着坡地上的一条黄土路,黄土路笔直爬到坡顶的水泵房。路上摆着一溜儿竹篾箩筐,人们不时从两边的果树林里钻出来,放下一筐桃子又抱走一个空筐,他们都穿着防毛虫的塑料雨衣,乍一看分不清男女。"没看见我胸口鼓鼓的吗?"先前有个妇女这么跟石保打趣。这会儿有个戴草帽的小孩兜着几个桃子从坡地上下来,他跨过水沟下到堤坝,他步子迈得很小,脚尖一路蹭着草皮。他把桃子从卷起的衣服里放下来交给石保。

"你这顶草帽可真气派呀!"石保对着这小孩的草帽笑着。

"……"小孩站着像个蘑菇。

"这么大的草帽,你不怕它把你压矮吗?"

"不怕。"

"呵呵。你不怕毛虫吗?"

"不怕。白毛虫我都不怕。"

"咦,你不是很胆小吗?"

"毛虫有什么好怕的,又不是蛇!蛇咬人你怕吗?"

"嗯,那我有点怕。"

"那你很胆小啊。"草帽下的小孩笑起来,露出缺牙。

"嘿,你怎么跟你爸一样,说话带笼子呢!"

小孩返回果园,石保则下到水库边洗桃子吃。他每只手拿着两三个桃子又爬上堤坝,看见国老爹不知何时站在了车边,国老爹一手扶拐杖,一手扶着车门。石保递给他桃子。

"我吃不动呐。"国老爹接过桃子打量着。

"这是水蜜桃。"

"帮他们送了几车了?"

"送了两车,这是第三车。"

"卖价如何?"

"还行吧,比往年差点,今年果园生了毛虫。"

石保一口咬了小半个桃子,国老爹则只在桃子上啃出个小坑,他瘪着嘴抿桃子肉,像个婴儿。

"唔,石保,过两天会有牛贩子过来——"

"嗯?"

"嗯,这牛贩子是彭梅的表哥,你见过的,他在白云镇的农贸市场——"

"这是吉霞的打算吗?"石保停下了咀嚼,一手支着车厢。

"我也是这么想的,下个月你就要忙养闸蟹的事了,这条牛,碍手碍脚呐。"国老爹指了指下边的水库,"水产公司是下个月派技术员来吧?"

石保"哦哦"两声,把桃子咬得嘎嘣响。

9

牛贩子十有八九是这样:脸黑、牙齿好、能喝酒、穿一双长筒胶鞋。彭梅的表哥和彭梅一样是宽脸膛,块头也跟彭梅一样大。"表哥"屁股上的裤兜里插着个扁扁的玻璃酒瓶,他还随身带着豌豆,他喝一口白酒就往嘴里丢两粒豌豆。他牵牛在地坪里遛了一圈,然后把牛绳系到车棚的铁柱子上,他托起牛嘴看它的牙齿,他用手指弹牛的耳朵,用手掌摸了摸牛的背脊骨,摸牛肚子,看它的乳房来确定它怀孕多久了。他抿一口酒坐下来。吉霞端来三杯茶,她听丈夫跟牛贩子谈价,王宏利在旁边偶尔插一句嘴。

"这牛会犁田,腿长。""表哥"接过茶。

"是啊,挺勤快的一条牛。"石保也接过吉霞的茶。

"不过它真是老了,腰身那块毛都掉秃了。"

"那地方本来就是一小块白毛,你看它腿上也有一小块。"

"这牛它娘是条花母牛,这我记得。"王宏利说。

"哦。它蹄子也松了几瓣。"

"它走路还挺轻巧呐。"石保把茶杯放到椅子边。

"关键是它整个儿一副塌相,背脊骨、肩胛骨直往里塌呢。"

"母牛嘛,比不了公牛,况且它又怀了小牛。"

"小牛根本卖不上价,生完这胎小牛它还会呼呼地掉膘。"

"它身体底子好,我一直喂它精细料,饲料钱算起来也不少呐。"

"表哥"不说话了,他盯着牛,石保则盯着他黝黑的脸颊。然后,"表哥"转过脸来,伸出四个手指对石保晃了晃。

"兄弟呀,都是熟人朋友,我就不拐弯子了,这个数我就牵走。"他说着睃两眼王宏利。

"呵呵,"石保笑一笑。事实上,一个多月前,他托彭梅跟"表哥"打听过牛价,但现在是秋天了,怎么也得涨一点,紧接着冬天还会涨呐。

"表哥"似乎看出石保怎么想的,他站起身说:"现在牛肉价格你也清楚,这一两年都看不到涨的苗头,尤其是本地牛。现在大家都养外国牛了,夏洛莱牛啊什么的。哎,你们家厕所在哪儿?"

"表哥"去一趟厕所,好让王宏利替他问明白石保的意思,石保要求再加五百块,最少也得四百。一会儿"表哥"出来了,他看看王宏利,然后对石保说:

"其实,你自己暂时养着更划得来,再养个大半年,等生小牛了、断奶了,再卖才不亏呢。我这是跟你说实话。"

"呵呵,那也是。还有呢,价钱低了,我老丈人也心疼呐,他今天都没过这边来,我知道他心疼这牛。"

"那我就不为难你们爷俩啦!""表哥"说着和王宏利对着脸

笑了一下。王宏利接过话说：

"爷俩互相理解，难得啊。"

"嗯，下次，石保啊，下次最好弄条外国牛跟它杂交。""表哥"在牛背上拍了一巴掌。

"哈哈哈。"石保和王宏利都笑了。

"哎，我说的是真的，杂交下的牛体型更中看、更好卖。"

现在是正午，吉霞和石保在吃午饭。

"你看出来了吗？"石保端碗喝了一口丝瓜肉汤。

"什么呀？"吉霞抬起细眉看着他，"你最好用调羹喝汤。"

"王宏利真是个滑头。"

"怎么啦？"

"你没看见他跟他表哥，又是挤眉皱眼又是打手势的。"

"没看见，应当也没什么吧。"她瞧着菜盘子，像在记什么事。

"他真是个两面灵通的滑头。"

"你最好别这么说，我不相信他会从中落什么好处。"

"你不相信的事多着呢！我跟他一块儿长大的——"

"我们不是没卖牛吗？你最好别想太多了，人家是帮你忙呢。"

石保打个饱嗝，他看着空碗，一边用毛巾擦脸、擦脖子上的汗，然后爽性脱掉衣衫。

"本来呢，今天这价格还行，我差点就说同意了，可我一看他们哥俩，不对劲！上回那三千五百块，我就觉得不那么对劲儿，我想开车回去跟人家对质一下，结果他死活拦着——"

"跟谁对质啊？对什么质啊！"吉霞牵动细眉责备了他，"我可警告过你了，我不希望你以后再提起那件事。"

看来，那件事之后，吉霞获得了可以警告石保的权力，但她似乎还不习惯向丈夫发出警告，她说完就帮他添了一碗虾仁粥。

这边，王宏利和彭梅也在家喝丝瓜汤，不过他们的丝瓜汤里没有肉，而且他们喝的粥里也没有虾仁。王宏利端起空碗，把几张票子用空碗压在桌面上。

"这钱你还给国老爹。"他对彭梅说，"国老爹可真是了解他女婿呐，只是少了点，了解得还不够。"

原来，国老爹先送给牛贩子五百块钱，让牛贩子出价别太低伤着他女婿。

"国老爹可真心疼他女婿，"王宏利咂着嘴。

"他也是担心这条牛伤了他女儿女婿的和气。再说啦，"彭梅这才开始喝汤，"石保对国老爹，也说得上——"

"那可不一定。"

"他帮国老爹治腿可花了不小一笔——"

"去年石保也得了卖两条小牛的钱呐。"

"那跟医药费相比，那可差很远哦。"彭梅抬起脸盘瞧见丈夫的尖下巴上有一粒饭。

"再加上这条大牛也归石保——"

彭梅摸过椅背上的毛巾递给王宏利："你把脸擦一下。这条大牛的钱石保肯定会给他老丈人。"

"不会,我最清楚他了。"

王宏利总结了一句,然后开始擦脸。彭梅放下碗准备盛粥,她一手捏勺子,另一只手突然拍了一下自己的大腿。

"对了,前两天石保把那三千五百块还给我们了——"

"三千五百零五十块。"

"是的,三千五百零五十。石保骂那些狗巡警真牛,只开三千块的罚款收据,却收了三千五百零五十,好像——嗯,他过了好一阵才记起来说谢谢我们。"

"嚛!这钱,我跟他说得很清楚了啊,代收旅馆那边的住宿费什么的,他们当警察的不肯开收据,我能有什么办法!"王宏利用毛巾没完没了地擦着下巴。"哼——嚛!提防我,我还提防他呐!你这两天看见石保脖子上密密的一片红斑吗?"

"说是毛虫爬了的——"

"毛虫爬了,哼!"

"当心你手里的毛巾,都掉到菜碗里了——"

"哼哼——"

"怎么啦?"

"性病。"

"不可能吧,我还跟吉霞建议用风油精掺在水里洗洗就行。天啦!"彭梅又拍了自己的大腿,然后她捋一下裙子仔细看自己的大腿。"我这两天还跟吉霞一块儿说说笑笑呢!这可得当心点。"她转过身来让王宏利帮她查看背部。

"天啦,这可真有点吓人,万一沾上这种病——但愿是毛虫——"

"你就是得注意点,一天到晚呵呵哈哈的!"

"我呵呵哈哈怎么啦?这叫体胖心宽。"她夸一下自己紧接着就对手中的勺子说:"这真得注意点,这真的——这可不是闹着玩的!"

10

那些卖针头线脑收破铜烂铁的货郎担是什么时候不见了?过了几年,这些货郎骑着摩托车沿新修的公路又来到村里,他们把自己叫做"代理商",他们差不多只卖女人用的东西,小首饰和瓶瓶罐罐盛着的化妆品,他们比从前的货郎说话风趣,时不时卖个关子、变个腔调,那腔调你一听就明白他在说男女之间的那点事,而且,他们差不多把所有的婆娘都叫做"妹妹",婆娘们就围成圈一个劲笑啊笑。

开店铺的勉老头讨厌货郎,但对这些代理商,他可以允许他们把摩托车停在店铺对面的空地上。今天这位,还在摩托车上插满了飘啊抖的旗帜,他卖的是一种强力去污杀菌且不伤手的洗涤剂,他从池塘舀来一桶水,他给一块白衬衣淋上一团油,然后,这个肩宽腰粗的男人,当着一群婆娘的面洗起衣服来。"别以为你知道怎么洗衣服——"他这样开始他的讲演。彭梅掠一掠额上的卷发，一只手伸进衣口袋摸水果糖吃，好几个妇女也笑着把手伸进她的口袋摸糖，这样，她们听代理商介绍产品时就更是津津有味了。

这还是个炎热的下午，但又不是热得非让你想起勉老头的冰啤酒不可。夜里下过了小雨，地气蒸发，阳光也变软了。老人们就念叨着"这才像点立了秋的样子呐"，他们来勉老头的店铺前交换这个相同的发现。两个老婆婆和一个老头在一张木条椅上坐下，另一张木条椅上则是一个年轻妇女，木条椅上的几位都抱着手臂侧头看代理商那儿，代理商把女人们逗乐了，他们也咧着嘴笑一笑，因此，他们没听见勉老头店铺里算盘珠子在噼啪乱响。这时，勉老头一双手支在窗口探出身子大声喊：

"喂——卖洗涤剂的——"他又喊了一遍。

围成圈的女人们让出一个缺口，代理商蹲着抬头朝店铺这儿望。

"听见吗？你挡在我正前方啦！"

"好嘞，大叔！"

代理商笑了，看得见他浓浓的横眉变成了八字。他起身把摩托车和"女人圈"往空地边挪了三五米，好让勉老头能望见远处的青山。他推动摩托车时，招呼彭梅帮他扶后座上的彩色箱子："来，好妹妹，帮我一点点，扶这儿，温柔地扶一扶就行。"扶好了，彭梅走到勉老头店铺前的长椅上歇一会。

这会儿代理商开始解释油分子们如何在洗涤剂的催化作用下

嗞嗞啦啦地断开，又发生新的结合。吉霞听了一小会就买了两瓶，她说石保的衣服不知什么时候就溅上了汽油。她付了钱就离开人群，一手握一瓶洗涤剂到勉老头店铺前坐一会，洗涤剂的瓶子跟她的发卡都是翡翠一样的绿色，她的荷叶边束腰连衣裙是天蓝色的，一条水晶项链则和她的小牙齿一样白，她整个人看上去像一颗小白菜。她笑着在长条椅上坐下，对面的三个老人在打量她，两个老婆婆还问她洗涤剂的价钱、能不能用在厨房去油、买两瓶有多少优惠，她回答完就把洗涤剂递给她们看，她没注意到自己一落座，彭梅和另外一个妇女就立马站起来，彭梅还用胳膊肘碰了碰那妇女说："再去听听！你打算买吗？"接着，吉霞听见勉老头在嘟嘟囔囔，她还以为他在算账呢。

"去油还是挺省事的。"吉霞对两位婆婆说，一边接过她们递回来的洗涤剂。

"这肯定是卖不出去的假货！还不如洗衣粉。"勉老头接了一句。他一只手扶住眼镜，望着空地上的人群。

"哦，应当——不会吧——"

"八成是假的。"

"刚看了，的确能去油啊，"吉霞抬脑袋看一下勉老头，然后也像他一样朝代理商那儿望过去。"价钱也挺实在的，比镇上超市里——"

"外面的世道，鬼把戏多得很呐！再说，他要是个老实人，就不会这么到处窜，招摇撞骗。"

"呵呵,也不能这么说吧,做生意嘛——嗯,先送回家去。"

吉霞看看手里的两瓶洗涤剂然后带着它们起身离开。她穿着软底凉鞋,走在石板路上悄没声儿。

勉老头又在招呼代理商:"嘿,小伙子,你能过来一下吗?你过来,我跟你商量个事呐!"

代理商笑眯眯过来,他的肩在左右晃,他是那种满身都是和气劲儿的胖子。

"你刚才不是说,你这洗涤剂能杀细菌吗?"

"大叔,肯定能,这是新生代的。"

"这个,"勉老头指一指空着的那张木条椅,"能洗干净些吗?"

"这没问题呀!"代理商的眉毛往上升高一寸,然后又落下来保持一张乐意效劳的脸。"这个容易,大叔给点水来,包您这椅子洗得发亮!"他给椅子喷洗涤剂。

"大叔这椅子也是,坐的人多了,油乎乎的。"

"来!"勉老头递出一个红色热水瓶。

"开水啊,大叔?"

"开水更能杀毒。"

"那当然,不过这种新生代的洗涤剂,完全不用开水也能——"

"这椅子脏,有些人,明知自己有传染病,也不注意点,也到这儿坐。"

"您说的对,有些病菌生命力强,我这个,它能做到深层清理。"他开始刷椅子。

"我一把年纪了,要是染上那种脏病,那就是,跳进洞庭湖也洗不清了。"

"大叔啊,用我这个就行,洞庭湖的水可脏啦,再说,跑那么远还要车费呢!这我得拦住您,免费拦住您!"

另一张长条椅上的三位老人和围观的人都笑了,但这笑声在代理商听来不那么得劲儿,于是,他又卖力介绍这洗涤剂如何让病菌的生存环境变得压抑,让它们不能有效繁衍……

这天下午,石保在家守着女儿,她在摇篮里睡,不住地咬自己的手指脚趾,咬一会哭一会。他以为是自己身上风油精的气味让她没法休息,他在身上套一件长袖衫,又走远一点,可她一看不见他就哭花了。于是,他干脆一双手把女儿捧起来放进婴儿车里,然后推着她在楼上的各个房间旅行,带她见识柜子、桌子、沙发、吊灯、电扇(啊——有风了——啊——没风了)、空调、皮箱、电话、玻璃茶杯(啊——我在茶杯这边也能看见你)、吸尘器、水龙头,还有书,他要带她读一行字,但她从头到尾都是"哦哦哦"。他指着书上一只闸蟹的图片,她看一眼这"怪物"立刻扭转头去哭自己的。他推她到阳台上,他蹲下来,从栏杆的间隔把远处村子西边的水库堤坝指给女儿看,这回她说了两个字:"呜哦",他指一指近处几户人家的灰瓦屋顶说屋顶,女儿说呜哦,更近处的菜园、地坪边的桂树、车库、车,女儿都叫它们"呜哦"。一会儿,吉霞拎着两瓶洗涤剂回来了,女儿却不吱声了，吉霞仰脸跟她对着望，然后走进屋去，女儿又默不作声地把脑袋探出婴儿车去寻找她。不多久，国老爹拄着拐杖来了，他听见小外孙的呜哦，也仰脸呜哦一声，他的脸那么平坦，看上去像把铲子。

国老爹没一会就点着拐杖走了，接着石保听见楼下传来呜呜哦哦的哭声，他看一看身旁的女儿，确认自己没听错，于是他下楼去。吉霞坐在大门边，一双手捂住脸。

11

石保和王宏利以及其他村民生长的村子，大小跟一个指甲盖差不到哪儿去，可一遇上红白喜事，人们都不相信能聚集这么多人呐，真值得好好热闹一番。男人们总是分出两个阵营比试酒量，妇女们也像不认识自己的丈夫了任由他们胡闹，一旦有男人喝醉，就有妇女过去捉弄他，男人们接二连三地醉了，这热闹就很有看头了。接着，厨师或者伙夫看准了最出风头的两三个妇女，找机会给她们抹上一脸黑锅烟子，于是，先前妇女们起哄换成了男人们大笑，男人们的醉话换成了妇女们的尖叫，而滴酒不沾的男人，也得像妇女们一样当心点。石保不会喝白酒，他得过好些次黑锅烟的关照了。今天是柏友家请客，柏友爹准备了一大坛喜酒。早上，石保驾车离开村子，他跟村里人说碰巧要把牛送到白云镇去，他这么说着，脸上一副空落落的神情,这回他不可能被抹黑锅烟子了,心里的确空落落的。一路上他再三回头看车厢里那条母牛在没在,他感觉自己拖着个巨大的空箱子。

　　石保在中午时分抵达只有一条街的白云镇,他开过医院先奔农贸市场。白云镇的医院不怎么样,可这医院里不会有人认识他。卖牛、上医院检查、躲开酒宴,真是一举三得呢,这是吉霞昨晚上想出来的好主意,当然,她说她倒不相信勉老头或者其他人会在酒宴上跟他有什么不愉快的事,她说她相信他身上的红斑是毛虫惹的祸,而生病了最应当相信的就是医院和医生,要不就是自己跟自己过不去。她真是个体贴人的好姑娘。她一边说一边还用艾叶水给他擦肩背。这么想着,石保觉得自己这会儿没理由感到空落落的。

　　白云镇的牛市没什么人气,而且每周只有两个交易日。石保跟彭梅那位表哥打过电话,"表哥"答应上午来等石保,等着等着该吃午饭了,他就在一个小食摊前要了一碟花生米吃起来,一手掐着那只装二锅头的小酒瓶。他看见石保的车了,就站起身来把小酒瓶塞进身后的裤兜里。今天不是交易日,牛市的大铁门锁着,他示意石保从农贸市场这边绕进去。石保慢慢地把车开过两长溜菜摊,开过一小段空地去到靠围墙的角落,那儿有个牛棚,围栏上支着一块铝皮屋顶,这牛棚小,在石保看来挺熟悉,像自己家的车棚。但"表哥"却变了,他只肯出三千五百块钱,顶多再加五十算作运费。

鹅与野猪、山鬼

"上回你不是说四千吗?"石保从"表哥"的黑脸膛上看不出什么表情。

"哈哈,呵,上回我说的就是三千五啊!"

"四千吧?我记得——"

"咦!兄弟,今天过来,你岳父不知道吗?"

"表哥"眼睛挺亮的。他往嘴里扔一粒花生米,直到给石保解释明白了,他才咔嚓嚼开了花生米。他说他乐意带石保去找别的牛贩子了解一下行情,石保拍"表哥"的肩膀,赔上笑脸说自己刚才只是感到有点莫名其妙。他拉开车厢后的挡板,叫"表哥"帮他抬卸牛用的木跳板搭到车厢后沿上。然后他爬上车去,解开系在车栏上的牛绳,他眨着小眼睛跟牛对视,又心不在焉睃"表哥"一眼,"表哥"仰着黑脸抿酒,接着对空酒瓶叹一口气。

事实上,车上这条牛看来也一副空落落的样子。怎么说呢?从前做牛生意的人,最担心的是牛听懂了人话、知道自己被人买卖,人们说这会招来霉运。为此,人们把手伸进袖筒里捏手指论价,碰上不穿长袖衣的季节,人们还有暗语来替代从一到九的数字;碰上不懂暗语的人,人们就说各种含数字的成语和俗语,听来像在胡扯着天远地远的事儿;再不济,人们还可以背对着牛张开十个手指比画;再等一会,人们都在兜里揣个电子计算器了,就拿出来直接摁个数字给对方看;又等一会,这世上什么事都成了一桩生意都能大声讨价还价了,做牛生意的人尤其是来卖

甩掉一个好姑娘

牛的人也就不把这一套放在心上了,于是,也就不时有人撞了霉运,小则破财,大则伤命。比如在河下游的某某镇,有人卖了牛回家去,半路上看到芦苇丛钻出来一只大鸟愣在那儿,等他双手去捉,那大鸟竟叼了他装钱的袋子扑扇飞走了;又比如仅隔两座山的某某镇,有人卖了牛去饭馆喝点酒,一进门,饭馆老板却让他去吧台接电话,电话里有个孩子向他埋怨:"爸,你好狠心啊,我不想让弟弟留在你家了。"这个显然打错了的电话让他纳闷了十来天,然后,他那四岁的独生儿子好端端的就夭折了。真令人唏嘘不已。

当然,大部分的牛没那么有灵气,对主人的买卖麻木不仁,顶多只是流那么一茶杯眼泪,或者,发了犟脾气不肯离开主人。这会儿石保就碰上了这个小麻烦,整整一个钟头,黑母牛就是不肯下车,四条腿像是穿透车厢穿过大地表层生了根。

一开始是石保拉牛绳,"表哥"用一根胶皮鞭子抽牛背,石保一双手给牛绳勒出了槽,牛背也给鞭子抽出几道痕。换了"表哥"拉牛绳,石保用赶牛棒捶牛背牛腿,牛背终于流出了血,牛鼻子上的血则流到牛绳上变成一串闪烁红光的血珠子挂在那儿。"表哥"有点拿不准这牛的脾气了,不免感到担心,他让石保和他一块儿下车去。他们站在车下,用牛棒捅牛脑袋牛臀部牛身子牛腿,隔着车栏,他们更难得使上劲呐。大太阳底下,两人都淌汗了,石保的衬衣粘在背上了,像刚在水里洗过。"表哥"的胶鞋鞋筒里传出那种踩着泥水的咕唧声,"表哥"使劲的时候,一个嘴角总爱别进脸颊里去,眼睛瞪得像鱼。石保真不忍看到"表哥"这副模样,又怕自己笑出来。石保说歇一会吧,"表哥"让石保先去吃饭,石保说自己还不饿,于是,"表哥"从屁股后的口袋里掏出空酒瓶,他说自己再去买点酒,他踩着咕唧作响的胶鞋,沿两溜菜摊中间的过道走到农贸市场卖杂货的那边去了。有家店铺突然在过道尽头用大喇叭播放广告:特大喜讯!特大喜讯!本店新进人工造蛋机器,免费传授蛋壳、蛋膜、蛋清、蛋黄等全套生产技术,源源不断产蛋,让鸡下岗!轻轻松松发财,让钱生钱!特大喜讯……

石保感到累,双手叉腰瞧着车上的牛,接着垂下脑袋用手掌抹脑门上的汗,地上短小的影子让他更显得没劲儿。

"你应当给它喂韭菜,"有个穿蓝色圆领衫的小男孩从菜摊那儿走过来。"用韭菜逗一逗它。"

"你是卖韭菜的吗?你这小屁孩怎么不去上学?"

"今天是周末呢。"男孩站到靠墙的阴影里接着说:"反正,经常有牛赖着不下车,喂它韭菜就好了。"男孩说完也像石保一样叉起了腰。

"好吧,你给我拿一小捆韭菜来吧。"

小男孩朝菜摊跑去,细瘦的胳膊摆动得像泥鳅,石保记起来牛的确爱吃韭菜,据说是牛喜欢韭菜那股韧劲儿耐得住它们反刍。韭菜拿来了,牛张嘴吃了一小支,但丢在车厢别处它够不着的,它还是懒得挪步去碰。石保的白衬衣沾上了韭菜鲜绿的汁液。

"这是你自己养的牛吗？按理应该——"小男孩用两颗大门牙扣住嘴。

"没关系，我再等等。"

石保把钱付给小男孩，打发他走了。石保从驾驶室摸出水瓶来，他仰头喝水时眯眼睛打量牛，他走到车厢后边，看看它刚才是否挪动了哪怕一寸，但它没有，真够犟的。

石保朝过道那头望去，"表哥"还没来，过道两边，买菜和卖菜的人像在说着无声的话，因为空气中挤满了"特大喜讯"。"让鸡下岗——让钱生钱——"石保不由得笑着学了一句。

"表哥"老远看见石保一个人端着水瓶笑，还以为牛给赶进牛棚去了呐，但黑牛分明就站在车上，宽厚的侧身像一堵墙正对着过道。

"还没动啊？""表哥"瞪着牛，又看了看车厢里的韭菜，然后给石保指一指农贸市场对角的位置，那儿有一排小饭馆。"你先去那边吃点东西吧。""表哥"说。

"不啦，我倒是不饿。"

"那——白耽误时间啊，前两天有条牛耽误了一整个上午都不肯下车。要不，我去保安室借个警棍吧。"

"警棍行吗？"

"只要电流别太强，应当没问题，以前管用过，用电击一下牛腿。"

"表哥"迈开大步、踩着咔嗒的胶鞋声朝"特大喜讯"的方向走去，裤兜里的酒瓶在屁股上扭啊扭。

"表哥"回过头的时候，石保已经倒在地上了。"表哥"是听见一个男孩的尖叫声回过头来的。他转身跑向石保，在那个卖韭菜的男孩的叫嚷下，菜市场的人都反应过来，他们看见"表哥"奔跑，也纷纷往这边快步走、聚拢。黑母牛这会儿自己走到牛棚里了，石保躺在地上，身子像怕冷一样蜷缩着，大脑门在水泥地板上蹭过来蹭过去。

"你怎么啦？"

"谁有医院电话？快打一下！"

"让开点——谁有湿毛巾——要止血——"

"听说是踩了一脚——"

"没被牛角捅到吧？"

"可能伤了内脏！"

"来，把他抬到阴凉的地方——"

"尽快止血！"

"医院怎么说的？谁跑到医院去一下？"

"最好先别乱动他，要是骨头断了——"

"……"

石保听不清一群人说什么，他感觉有人在拍他的脸，也许还在叫他的名字，他耳朵里尽是那一下撞击在他体内激起的嗡嗡回音，它就那么笨笨地冲下车来，它真是满身的蛮劲儿，借着冲势

甩掉一个好姑娘

跟他撞了个正着,似乎它生来就懂这一招就等着有一天把这招派上一次用场。这会儿,石保感觉有个东西搅动他的五脏六腑在旋转,越旋越快,然后略略减慢,接着又越旋越快越旋越快,嗡嗡的回音也越来越密越来越响,变成尖厉的轰鸣声。

储藏间的情话

火车穿过成片的水稻田，开上一座铁路桥，车轮在桥中间激起的回声听来像在下雨，柏友往窗外看去，桥已经落在后面了。又是绿油油的水稻田。柏友站在过道上靠住座椅的侧边继续打盹，但火车速度减慢，接着在一段刷着广告标语的围墙边停下来，围墙那边是一个灰扑扑的小镇。上来几位背被窝卷的民工，他们散发出浓烈的酸咸味。这之后，柏友就再也睡不着了，他感觉背上的牛仔包老有人蹭，主要是那股味儿，让他老是感觉有人打自己身边经过。窗外，午后的骄阳正把晚稻禾苗晒得欢呐，阳光斜进车厢，人们都瞌睡迷蒙。

柏友往餐车方向走。餐车门关着，透过门上的玻璃看得见两

储藏间的情话

个女服务员伏在餐桌上睡，乘警对面坐着个白白的胖子，他们在聊天喝茶。柏友是个穷大学生，他喝不起茶，但这会儿倒是有人愿意跟他聊点什么。原来，餐车门外有个储藏间，门开着，一个穿浅米色短袖制服的女服务员正倚着桌台抿山楂片吃，桌台上下都给食品纸箱占领了，她面前则是一辆塞满各种零食整装待发的小推车。刚才她正了正身子，看见来的是柏友，又把身子斜了回去，双腿自在地交搭着，显得她并不是在偷吃中国铁道部的山楂片。这一来，反倒是柏友觉得有点尴尬了。

"呃，服务员，请问——嗯，车几点才能到长沙？"柏友问她话，同时抬起右手摸了摸鼻子。

"晚六点。"

"哦。"

"五点四十七分吧。这是趟慢车。"她抿完了最后一片山楂，左手拂一下右手手板。柏友注意到这女服务员小腿上的肌肉很配合细瘦的裤管，绷得直直的，他这才明白自己觉得这服务员比较优雅的原因。柏友记得一个高中室友偏爱腿长眉长的女孩子，眼前这位呢，眉毛不算好看，但她的鼻梁挺直，像正楷字的一竖，高鼻梁让一小片阴影落在她右边的眼睑下方，明晃晃的光线也变得柔和了。窗外退过去一抹青翠的山。

"你是去学校吧？"她看了一眼柏友的背包。

"是啊。"柏友的牛仔包靠住了身后一间值班室的铁门。

"嗯，这会儿该开学了。欸，对了，长沙好像有一所国防什么大学来着——"她用右手食指敲敲自己的太阳穴,"去年我们班有个男同学考到了那儿,国防什么——"

"国防科技大学吧。"

柏友听出来这姑娘跟自己一般年纪,不由得打量她短短的学生头。他又摸摸自己的鼻子,他还不习惯多看一眼漂亮的姑娘。

"哦,国防科技大学。"她没有显出得到答案的惊喜,只是把双手十指相扣放到腹部偏左的位置。"我记性不好。你记忆力不错吧?"

"我?呵呵,还行吧。"

"一般来说,能考上大学的,记忆力都不错。"

"哦,是吗?"

"我就是记忆力不好,特别是背英语单词,真要命,急得我——后来,我也不怎么着急了,我发现,记忆力好的女同学吧,会有别的缺点,嗯,就是——很小心眼,说来你不信,她们会记得某年某月你用了一次她们的牙膏,或者她们给了你一个系头发的橡皮圈什么的,真要命!要是她们请你吃过一个冰淇淋而你没有回请,那她们就更是记得细如发丝千真万确的。"她抿嘴笑,嘴唇向上弯成月牙,接着她往窗外扭了一下脸,几只大白鹭在稻田上飞。就这一秒钟,折进储藏间的光线让柏友看见了这姑娘鼻翼边的三四颗雀斑,姑娘把脸扭回来,鼻梁又恰到好处地在雀斑上投下一片阴凉。她掠一下脸颊边几丝头发。

"你不就是国防科技大学的吧?"

"不是，我在湘潭读大学呐。"柏友耸一下蹭在值班室门上的背包。

"那你在长沙下车后，还得去南站转一趟汽车，挺麻烦的。"

"是啊。"柏友觉得自己不能这么简单地回应别人的关心，于是他接着说，"我不急着转车，我还要到长沙一个同学家里玩两天。"

"哦——去同学家串门。"

"嗯，玩一下。"

"真不错，你们还有闲工夫——"

"学生嘛，有寒暑假。"

"是啊。我以前也喜欢去要好的同学家走动走动，"她把双手垫到了臀部和桌台之间，"但后来，读高中了，嗯，我就不喜欢这样了，尤其是在暑假里。"

"为什么呀？呵呵。"

"对了，我一直坚持不在暑假里去看同学，这差不多，怎么说呢，差不多是我的座右铭了。你别笑啊，我真的一直是这么做的，可能我曾经有那么一次——哦，我记起来了，那女同学是我在学校羽毛球队认得的，我们搭档拿过双打亚军；嗯，就是那一次让我烦了，你知道，暑假里根本没什么节日，是吧？同学家里也不可能准备了一大堆吃的，然后呢，那女同学的爸妈就在厨房里商量该给我做点什么吃的，我听见他们叽叽咕咕，其实，你只要听见一个字就猜得出他们的心思，他们是在将你从头到脚衡量一遍,就好比,嗯,好比他们有一把特殊的小秤,从方方面面把你称一遍,也就是,嗯,他们想弄准确,你的穿着啦、学习成绩啦、你父母在社会上混得怎么样啦,他们一样一样称好了,再确定我是否值得他们去买点儿好吃的东西回来。他们压低了嗓子,但他们的厨房门没关,唉,这真的很别扭,真要命!呵呵,我可不是打击你哦,不过,你们男同学之间或许不一样。"

"这个,因人而异吧。"柏友笑着,他把身体和背包的重心倒到左脚上。"那寒假呢?"柏友后来才发觉自己在故意挑起这姑娘的话欲,他觉得自己是受到了这姑娘鼻翼边那一小片阴影的诱惑,而储藏间的窗外又正展开一幅美景:太阳下河水在卵石滩上流淌出细碎的波光、茂盛的水草、一群吃草或者发愣的牛。先前看到的几只大白鹭应当就是从这儿飞过去的。柏友这才记起自己坐的是趟慢车。

"那你喜欢在寒假拜访同学啰?"他接着问。

"也不能说喜欢吧。"她左手抻了抻右臂上的制服短袖,然后双手随意抱在胸前,"寒假呢,情况当然要好得多,那会儿家家户户都买了吃的,过春节嘛,随随便便就能招待好些个客人,大家一边烤火一边说啊笑——"

这时,有个民工走过来问这服务员哪儿有开水,他拍拍手里拎着的一盒方便面。

"8号车厢。"姑娘对着自己的腿说,她正把交搭的双腿换个位置,等右腿舒服地勾在左腿前面,她才抬起那片柔婉动人的阴影。

"一句话，就是寒假里人们很容易装得亲切些，是吧？"

"嘿嘿，不能说装吧？"

"就是装啊！当然，我有时候——嗯，我是比较挑剔的女孩子，我妈妈经常提醒我这一点。可我就是觉得，人和人本来就是不那么亲切的嘛，也许你觉得我说得——嗯——我自己也说不好。"

"这个，呵呵——"柏友在心里嘱咐自己下学期还是该选修一下哲学课，尽管他很讨厌那个据说每天都要吃羊腰子的哲学教授。

"我倒不是害怕孤独啊、寂寞什么的，这些都是流行歌曲故意唱出来的，我只是受不了——嗯，人们假装对你很亲切，你应当碰到过这情况吧？有时候，人们还联合起来，"她用右手在空中比了个圆，然后一双手又垫到臀部和桌台之间去了，"假装他们彼此都很亲切，好像他们都被特别批准加入了一个，一个——一个'亲切协会'——我这是打比方——好像他们口袋里都有那么一张会员证，就好比大商场的贵宾卡一样随时放在钱包里。"

"贵宾卡？呵呵呵——真有意思。"

"是啊，呵呵——"她的舌尖稍微舔一下笑着的嘴唇，"贵宾卡。你不会觉得——唉，我自己都觉得我是个很挑剔的人，就是很——"

"没有呐。你这么说倒真有意思。"

"呃，你经常逛商场吗？哦，对了，你还是个学生。"她又用一根食指敲敲自己的太阳穴下方。

"我不怎么逛商场，我一般就在学校的小店里买东西。"

"你们男孩子可能都这样。我喜欢去商场里溜一溜，看看人，听听音乐，你知道吧，商场里经常放一些好听的音乐。"

"那是，让顾客感到愉快嘛。"

"呃，对了，你们大学生现在流行听谁的歌？说来别人都不信，我还是喜欢听小虎队的歌。"

这时，列车广播在提醒困倦的旅客注意扒手。列车正经过一长溜仓库，仓库那边是积木一样的厂房、站成八阵图一般的烟囱。柏友朝过道上挤满了人的硬座车厢看了一下，然后，广播一停他就接上了话：

"小虎队解散好几年了，有六七年了吧？"

"是啊，我喜欢过时一点的东西，在学校的时候，同学总说我爱捡他们的垃圾，说来真好笑。"

"这没什么啊！"

"是啊，好听就行。"

"再说，什么明星都会过时。"

"嗯，这确实，千真万确的。看来，还是你们大学生说话有水平。"

餐车门开了，一个女乘务员从柏友面前走过，她的目光在柏友身上扫了扫，她走过去，柏友立刻看出这妇女有一双罗圈腿，她的制服裤在膝盖窝那儿堆满了褶皱。

"她是个会员。"储藏间的姑娘说。

"嗯？什么会员？"柏友往前探了一下瘦脖子。

"亲切协会的会员啦！"她抿嘴笑，她眼睑下的阴影加深了，因为这会儿太阳已斜下去不少。车窗外，一大片平展展的水稻田，禾苗葱绿的颜色也正换成青苍。

"呵呵。"

柏友正不知如何接话，餐车门又开了，先前喝茶的白胖子出来了，他胖，走路双手摆动起来像在划水。接着，那个陪胖子聊天的乘警也出来了，他正了正警帽，他挺年轻，他对着储藏间打招呼：

"嗨，小美，怎么不去休息一下呀？"不等小美回答，他就去吆喝三四米远处那些坐在过道上打瞌睡的民工。

"他也是。"小美小声地说。

"会员？呵呵，你平常不会这么——"

"是啊，你看出来了吧，我就是那种爱挑剔的人——其实呢，我只是——呵呵，或者就像我爸爸说的'不思上进'吧。我一直很安心自己是个列车售货员，不就卖东西嘛！嗯，我只是不喜欢卖那种很夸张的东西，什么扎不破的袜子啦、万能计算器啦——你见过吧，就是那种可以计算又可以量体温测血压肥胖指数什么的，嗯，卖起来真不好意思开口。总体上，在列车上卖东西还是比较简单，反正按规定的价钱卖，不需要多费心思。你要是叫我去跟领导打扑克啊喝茶啊,还有,吃饭的时候顺便跟列车长汇报点自己的小想法什么的,多伤脑筋啊!其实,我也不是非得要——嗯,怎么说呢,所以,我真希望自己还在学校里,有时候。"

她说完低下头去瞧了瞧自己的脚后跟,她瞧左脚的脚后跟,瞧右脚的脚后跟,接着她对自己并拢的脚尖说:"我是不是说得有点,嗯,有点一本正经?"

"……"

"就是说,"她抬起头来,"你是不是觉得我说话一套一套的,大学生?"

"没有啊!"柏友发现自己一只脚在得意地、轻微地抖动。

"我读高中的时候,写作文很有一套,其他科目不太行,但写作文老得高分。我其实是那种有点大大咧咧的人——虽然很挑剔。你看,我喜欢小虎队——"

"是啊,他们的歌听上去很放松、有朝气,有点像——"

"像什么?"她的鼻尖直冲着柏友。

"我说不好,就是很有点满怀理想的意思。"

"也可以说是有点满怀天真吧。"她在抚摸自己的十个手指甲。"我发现自己还比较天真,唉——所以说,还是你们待在学校里好。"

"可能是吧。"

"学校里——"她捂住嘴打个呵欠,眼睛里挤出两滴毫无意义的泪水。似乎是不想让柏友看见她的疲倦，她突然站直了，拍拍面前的小推车说："嗯，我现在该去打扰你们旅客了。"她拿出羽毛球亚军的本事，一扭腰就让推车拐了个小角度的弯，恰到好处地让它侧身出了储藏间。就在她把推车弄到走廊上来的时候，柏友觉察到，一旦推车挡住了她的双腿，这姑娘的优雅就真的打了很大的折扣，当然，她还是算漂亮的，而且挺有趣，不是吗？

柏友把身子贴紧值班室的铁门好让她的小推车过去，接着，柏友觉得自己应当买她一点什么才是一个大学生得体的做法。于是，他把牛仔包扭到前面来，他从牛仔包最外面那个小口袋捏出一枚硬币。"我买一瓶水吧。"他说。

"哦，麻烦你自己拿。"她往上抿一下嘴角。

柏友拿了水，然后把一枚硬币丢进推车最上面一层的一个玻璃罐里。柏友这会儿也真有点渴了。

现在，储藏间的门关上了，柏友离开餐车门前的位置挤回到硬座车厢。列车一连开过两个小镇，然后，有人下车了，柏友得了个靠窗的座位。

柏友坐下来喝水，牛仔包横在腿上。柏友喝完半瓶水就把头靠住椅背，车窗外还是水稻田，远处，低矮的丘陵好久都不往后面退。

嗯，她是个不错的服务员，柏友瞧着窗玻璃想，她长得不算多美，但看上去让人心里柔和，她有一张线条清晰又柔和的脸；她挺大方，很容易让别人感到——嗯，她说的"亲切"是不

鹅与野猪、山鬼

是……对了,她也提到了寂寞什么的,她是不是希望我……柏友想到了那个储藏间,虽然狭小,倒也容得下两个人成就一场美事,或许还别有一番兴致呢!柏友又想起自己在大学里的室友,他们周末去学校外面偏僻的录像厅,他们从录像厅回来,会显摆出自己在男女方面是个行家里手的派头。柏友当然听得出他们的心虚,但是,柏友也暗中给自己鼓劲:既然我打算写作、打算写出点好东西来,我当然得有许多经历,这种令人愉快又亲切的事呢,也不妨早点儿尝试……

火车这时又放慢了速度,一股酸咸的汗味顺势荡过来提醒柏友想得过头了,那位女服务员说的"亲切"好像有更纠结的意思呐。世间事或许就是这样——嗯,总有这样那样的纠结来败坏人的兴致,或许到某一天,人们把样样事情都败坏了——赶在大学生毕业之前就把这世界败坏了,人们看上去都很亲切但压根儿就提不起一点亲切的兴致,大学生看见人们都很亲切还以为自己真的赶上了前所未有的好时候……

车窗外又是一片像下雨的声响,这回柏友看清了桥下的河流,火车开得够慢的,柏友甚至能分清岸边站立的水草。河面铺满灿烂的夕晖斜照。柏友知道火车即将到长沙,他的瞌睡也就给桥下的河水带走了。